在森崎書店的日子

森崎書店の日々

八木澤里志

張秋明 譯

目次

每個愛書人的心中都有間療傷的書店

知名作家、木桐文化創辦人　黃國華

喜愛旅行的我酷愛佇足異國的書店，聞聞外國的書有沒有比較香，並感受不同的文化氛圍，特別是東京的神保町。日本人在逛書店這檔子樂趣不僅僅是幸福的，同時也是挺守舊的、挺時尚的，不像臺灣的書店幾乎清一色走所謂的「氣質」路線。神保町一帶的書店可說是新舊並陳，其書店街規模可說是全亞洲最大。

神保町的「靖國路」上坐落大大小小近百家的古書店，那股陳年書香味道以及油墨味（有些書店還兼作文房四寶的買賣）總讓我這條老書虫流連忘返，如悠久堂、金子書店、一心堂、八木、東陽堂、一誠堂、慶文堂、玉英堂等等，這些古書店賣的不單單只是舊書，畫作美術、名家真跡的題字、浮世繪古畫的復刻版等，都可以在這些古書店中找到。每家古書店所經營的重心都不盡相同，有文庫版小說的專業古書店，也有藝人八卦與影劇資訊相關的古書店。

我去過神保町很多次，目的不外乎尋覓那股拾回對書的單純喜好的氛圍。有一回，為了寫書需要而一個人造訪神保町，那次碰到風雨交加的秋颱，為了捕捉神保町一年一度「古書祭」的畫面全身被淋溼，不得不躲進一家舊書店內。那書店老闆見我鼻涕直流、全身哆嗦，立刻端杯溫開水和一盒面紙給我。從此，神保町便與我結了不解之緣。

也許那家古書店就是森崎書店也說不定。

本書有三個主角，年輕女孩貴子，貴子的舅舅悟叔，悟叔的老婆

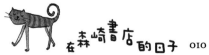

桃子。三個人有著各自的人生境遇，有著不同的人生傷痕，卻在這座古書店「森崎書店」療癒了各自的傷痕，貴子為情所苦，悟叔嘗盡人生漂泊，桃子內心深處巨大的缺陷，一一在森崎古書店得到救贖。

人生有時候應該試著停下，就像是在長途旅行中稍微休息一下，休息夠了再重新航行。一本書、一座書店、一群人、一些互動，人生的救贖與新生不就是如此默默地開啟了呢？森崎書店的恬淡氛圍，正是每個愛書人心所嚮往的「療傷書店」。

神保町逛過幾回，在二手書店買過寫真集、過期的電影旬報，還有幾本畫冊。滿喜歡神保町獨有的慵懶氣味，雖然自己只是個觀光客。《在森崎書店的日子》的舞台設定就在神保町，敘述的是從失戀再出發的女性成長物語，營造的氛圍很舒緩，不但療情傷還能滿載元氣，而古書專門的書卷香和用名家名作串起的故事鋪陳則別具懷舊風。此外，將書店主人悟叔和他離家失蹤五年的老婆那一段，另以〈桃子嬸嬸的歸來〉獨篇收錄，而非打散在本篇之中，這個安排很細心，滿喜歡的。

小葉日本台

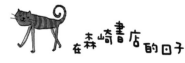

在森崎書店的日子

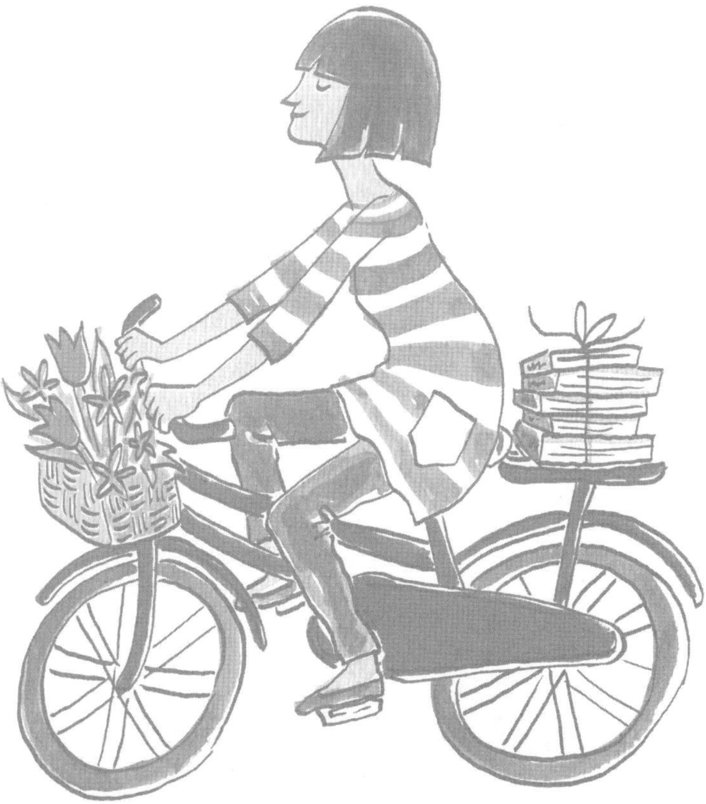

我在森崎書店的日子是從夏天剛開始到隔年的初春時節。

那段期間我住在二樓的空房間裡，整天過著埋在書堆裡的生活。房間內採光不足，空間又很狹窄，還經常飄散著二手書的霉味，感覺很陰暗潮溼。然而直到今天，我從未忘懷在那裡度過的每一天。

那個地方開啟了我真正的人生。如果沒有那些日子，我今後的人生肯定會是枯燥乏味、單調孤寂。

一個絕對無法忘懷的重要地方——這就是森崎書店對我的意義。那些回憶至今仍鮮明地浮現在眼簾裡。

整件事情的起源，只能用晴天霹靂形容。不對，對我而言，那是比青蛙從天上掉下來還要驚人的事實。

那天，交往一年的男友英明跟我說：「我要結婚了。」

一開始聽到時，我的腦海中充滿了問號。因為如果說是「我們結

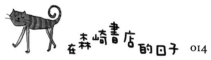

婚吧」，還可以理解，或是說「我想結婚」，意思也能聽得懂。可是說「我要結婚了」，就絕對有問題。所謂的結婚是基於雙方同意後所成立的誓約，因此他的遣詞用字根本完全錯誤。尤其是語氣之隨便，到底是怎麼回事？他的口吻簡直就像是在說「我在路邊撿到一百塊」似地滿不在乎。

那是六月中旬的星期五晚上，我們下了班到位於新宿的義大利餐廳享用晚餐。開在飯店頂樓的餐廳可以眺望霓虹燈閃爍的美麗夜景，是我們倆都喜歡的約會場所。

英明是同一職場、大我三年的學長，打從一進公司起他就是我心中暗戀的對象。光是和他站在一起，我的心跳就跟彈簧床沒兩樣。所以難得私下共聚的那天晚上，我們很高興地喝著紅酒，沒想到他卻冒出了這句話。

我不禁開口反問「什麼」，還以為是自己聽錯了。可是他卻氣定神閒地重覆剛才的那句話，「我是說明年就要結婚了。」

「結婚？誰跟誰呢？」

「我和我的女朋友呀。」

嗄？我偏著頭不禁納悶。

「什麼女朋友？」

沒想他居然臉不紅氣不喘地說出了同公司不同部門的女生名字，一點也看不出感到內疚的樣子。對方跟我同期進公司，是個感覺很可愛的女孩子，甚至連同樣身為女人的我都想一親芳澤了。

相較之下，我不但個子高，容貌也平凡。我實在無法理解，他都已經跟那麼可愛的女生交往了，為什麼還要來招惹我的心情。

仔細一問，他們早在兩年前就開始交往。換句話說，他們的感情比我們還久。我不僅完全不知道他早有戀情，而且也從來沒有懷疑過，或是想過有那種可能性。我們的交往在公司內算是祕密，我還一

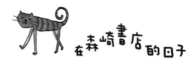

廂情願地以為是怕在職場裡造成尷尬。不料對他來說，我不是真命天女，只是玩玩的對象罷了。到底是我太遲鈍了，還是他有問題？

總之，他說他們兩人都已見過對方家長，下個月就要訂婚了。我聽了頭昏眼花，腦袋瓜裡像是有和尚在敲鐘一樣。

「她堅持六月舉行婚禮，我說什麼都不聽。這麼一來的話，今年不就來不及了嗎？所以現在呢……」

我茫然地聽著他從嘴裡吐出一串話，最後只低喃了一句「是嗎，那很好呀」。連我自己也很驚訝的回應。

「Oh, thank you! 不過以後還是可以跟貴子約會的。」英明微微露齒一笑。就像平常一樣，自然的笑容猶如運動員般的爽朗。

如果是電視肥皂劇的話，這時候應該站起來將紅酒灑在他身上吧？可惜我從以前就不擅長在人前表現出情緒，必須事後一個人靜靜地思考，才能弄清楚自己心中到底有什麼想法。更何況當時和尚敲的鐘還響個不停。

恍恍惚惚地跟英明分開後，我一個人回到租來的房間裡。好不容易讓腦中的思緒逐漸清醒時，悲傷以迅雷不及掩耳的速度湧上心頭。沒有憤怒，完全就只有悲傷而已。這份猛烈的悲傷太具有存在感，幾乎觸手可及。

淚水不斷從眼眶泛出，而且似乎沒有停歇的跡象。我沒有開燈，一個人癱在漆黑的房間正中央哭泣。甚至還愚蠢地想著「如果這淚水是石油的話，我就是有錢人了」，同時又為自己的愚蠢哭得更凶。

真希望有人能幫幫我！我很認真地期盼。可是我無法求救出聲，只能一個人悲傷哭泣。

不料，之後情況演變得更加淒慘。

因為我們都在同一間公司，就算百般不願意還是有碰面的必要。

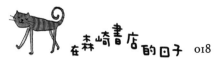

他的態度跟往日沒有不同，卻讓我更加難受。尤其偶爾會在員工餐廳或茶水間遇到即將成為他未婚妻的女生。對方好像知道又好像不知道我們的事，見到面時總是會露出燦爛的微笑打招呼。

漸漸地我的胃開始無法承受食物，夜裡也難以成眠。體重明顯下滑，沒有靠上妝掩飾的鐵青臉色就跟死人一樣。上班時間常會突然悲從中來，只好一次又一次的躲進廁所裡咬著牙不敢痛哭出聲。

大約過了兩個禮拜，不論是肉體上還是精神上，我都到達極限了，不得不跟上司提出辭呈。

最後一天上班時，英明居然還能用明朗的表情對著我說：「就算辭了工作，還是可以一起見面吃飯呀！」

一下子同時失去了情人和工作，感覺自己好像突然被放逐到宇宙空間一樣。

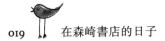

我來自九州，在那裡讀完大學後，就直接上東京工作，因此認識的人幾乎就只有公司裡的同事。加上我很怕生，又不擅長交際，所以在東京完全沒有親近的好友。

仔細想想，在我人生至今這二十五個年頭以來，經常都是「還可以啦」。出生在還可以的小康家庭，畢業於還可以的大學，進入還可以的公司服務……想說這輩子大概就這樣過了，因此我頗能甘之如飴。雖然不是幸福絕頂，卻也不至於跌到谷底。那是我習以為常的人生！

對於這樣的我而言，能夠認識英明就是很特別的境遇。一向處於被動的我，居然能和自己喜歡得不得了的人成為情侶，本身幾乎可用奇蹟來形容。或許也因為這樣的關係，這件事帶來的衝擊無法估計，我完全不知道該如何對應。

結果我的對應方法就是一味地睡覺。能睡的程度連我自己也很驚

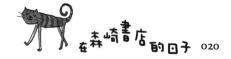

訝。大概是為了逃避現實，身體產生的自然反應吧！總之，一鑽進被窩裡就睡著了。我躲在自己的小房間，在那個有著孤孑身影的宇宙空間裡連續睡了好幾天。

大約過了一個月吧，有天夜裡醒來，發現丟在一旁的手機裡有語音留言。

雖然我對手機畫面上顯示的號碼沒什麼印象，卻還是先聽聽看再說。冷不防一道充滿活力的聲音劈頭就是「嗨」，之後開始說話——

「貴子，妳好嗎？是我啦，森崎悟。我現在是從書店打來的，晚一點也沒關係，請記得回電給我。啊！有客人上門了，那就再聯絡囉。」

我納悶地側著頭。森崎悟？誰呀？我不認識。既然他能喊出貴子這名字，表示應該不是打錯電話才對……至於書店又是怎麼回事？

書店。不斷反芻那段留言後，我才恍然大悟。

森崎悟，對呀，不就是悟叔嗎！這麼說來很久以前聽老媽說過他繼承了曾祖父在神保町開的書店。從我高一以來，有將近十年沒看到他人，那聲音的確跟以前聽到的悟叔說話聲一樣。

一時間有股不好的預感從背脊竄過。首先這一定和人在老家的媽媽脫不了關係。因為辭掉工作和男朋友分手的事我只告訴老媽，大概是生性愛操心的老媽拜託了悟叔什麼吧？這麼一來的話，肯定沒什麼好事。

事實上我不太懂得如何跟這個叫悟叔的人相處。他做事不按牌理出牌，跟任何人相處都能奔放自如。我討厭那種不修邊幅的感覺，像個怪咖一樣。

不過小時候的我倒很喜歡他那種性格，每次跟著老媽回娘家時，總是跑去悟叔房間找他玩。進入青春期後，對於那種奇怪的個性逐漸感到不耐煩，而開始躲著人來瘋的悟叔。加上悟叔當時連個正經的工

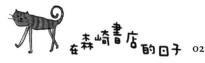

作都沒有卻突然結婚了，搞得親戚間雞飛狗跳的。

因此為了不和悟叔有任何瓜葛，到了東京後也沒去找過他。聽完留言，隔天中午我才百般不情願地撥個電話過去。那是因為不那麼做的話，我幾乎可以看見老媽像大魔王一樣地暴怒狂飆。我小學低年級時悟叔二十來歲，所以現在應該早已超過四十歲了。

電話只響了一聲就有人接聽。

「喂！森崎書店，你好。」

「啊，是我，貴子。」

「哦哦！」

聽筒那一頭的悟叔突然音量提高，充滿活力的樣子一如從前。我趕緊將聽筒拿離開耳朵。

「好久不見了！妳還好吧？」

「嗯，是的，還好。」

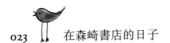

「我早聽說妳來東京了，可是貴子妳怎麼都沒來看我呢？」
「不好意思，因為工作很忙。」我隨便找個理由敷衍。
「可是妳已經辭掉了工作吧？」
冷不防就戳中核心，讓我支支吾吾不知如何應對。跟這種人講求委婉是沒用的。悟叔繼續一個人不斷發出「好懷念呀」之類的感嘆，突然間提議道：「我有個想法，既然妳暫時也不想工作，要不要來我這裡幫忙呢？」
「嗄？」
突如其來的邀約讓我不知所措。但悟叔依然緊追不捨地說明，
「光是房租水電的也是一筆不小的支出吧？來我這裡的話，全部都免費。如果妳能來稍微幫忙一下，那就太好了！」
仔細一問，現在書店完全由悟叔一個人照管，他因為腰痛需要看門診，所以希望找個人早上幫他開店做生意。由於悟叔的家在國立，

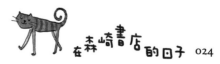

除了營業期間外，店裡就只有我一個人，隱私性絕對掛保證。而且到幾年前為止，他把書店當住家用，因此衛浴設備等都很齊全。

我想了一下。的確不能一直都保持現在這種狀態。照這樣子過日子的話，錢很快就會花完。可是現在的我又不想要受到別人的干涉。

「這樣會給悟叔帶來困擾吧……」我想找個理由拒絕。

「哪有什麼困擾！只要貴子肯來，我絕對舉雙手歡迎。」悟叔絲毫不肯放棄。

可是桃子嬸嬸答應了嗎？話才剛說出口，我連忙閉上嘴巴。

我想起來了。他的妻子，也就是桃子嬸嬸，幾年前離家出走了。那件事在親戚之間也傳得沸沸揚揚。離家出走的當時，悟叔的傷心失落真是非比尋常，嚇得老媽也很擔心地說「這樣會搞壞身體的」。

聽到那件事時我雖然很同情悟叔，但同時又感到納悶。因為結婚當初兩人的感情很好，桃子嬸嬸的性情溫柔、待人親切，一點也看不出來會做出離家出走的行徑。

我一邊回想著這些一邊隨口敷衍，只聽見悟叔說「那就這麼決定了」，擅自作出結論。

我仍然試圖抵抗說「可是我有行李……」，悟叔立刻回應「我國立那邊有空間，可以把大件的寄過去！妳只要帶著隨身行李來就行了」，看來所有事情早已計畫妥當。

「為了貴子好，絕對該這麼做。妳就相信我吧！」

相信？教我怎麼可以相信一個十年沒見的人呢？

「那麼我也得準備一下才行。」悟叔不等我回答，只說「有客人上門了，再聯絡吧」就單方面掛斷電話。

聽著「嘟嘟嘟」的訊號聲，我整個人都傻了。

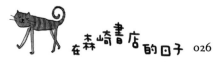

過了兩個禮拜後，我站在神保町的車站裡。

為什麼會變成這樣呢？突然間，我的人生變化快得連自己都無法掌控了。

在那之後我打電話回家，老媽問我「看是要回九州，還是去悟叔那裡幫忙」，我不太甘願地選擇了去悟叔那裡。因為我很清楚一旦回到九州，肯定要被逼著去相親結婚，再也無法回到這裡。當初好不容易才能到東京工作，現在卻搞出這樣的結果！我不喜歡那種徹底認輸的屈辱感。

相隔多日後出門，身體感覺有些搖搖晃晃。好不容易搭上電車抵達車站，從地鐵站爬上地面時，熾熱的陽光突然迎面而來，好像在我沉睡期間，季節已經完全轉換成夏天了。頭頂上的太陽就像十來歲的小男生般燦爛奪目。我辭去工作離開公司時，明明以為夏天還早呢，頓時有種連季節都背叛了自己的感覺，不禁悲從中來。

這是我第一次來到神保町。由於祖父的家在國立，所以沒什麼機會可以造訪這裡。

總之我站在十字路口的號誌燈前，茫然地環顧四周。感覺情形有些不太對勁。

因為沿著整條大馬路（也就是悟叔所說的靖國路）的兩邊幾乎都是書店。不管向右看還是向左看，滿眼盡是書店。

通常一條路上只要有一間書店就夠了，可是這裡的店家絕大部分都是書店。有像三省堂、書泉等引人注目的大型書店，也有逕自散發獨特光彩的小型二手書店，而且櫛比鱗次的陣仗，顯得很有魄力。對面水道橋一帶蓋有許多大型辦公大樓，反而給人格格不入的強烈感

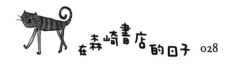

覺。

我側著頭和一群午休時間出來用餐的上班族一同穿越過十字路口，走在書店林立的大街上。然後順著悟叔告訴我的地址，途中轉入名為櫻花巷的小路。裡面當然也是開滿了一間又一間的二手書店。我在心中喃喃說道，這裡簡直就是二手書樂園嘛！

在熾熱陽光的烘晒下，正思索著該如何找到悟叔的店時，看見有個男人在一家店門口對著我猛揮手。那個男人的頭髮蓬亂，戴著粗框墨鏡，身材如少年般瘦小。身穿短袖格子襯衫和寬鬆的棉布長褲，腳上趿著一雙涼鞋。我對他的模樣的確還有些印象，他是悟叔沒錯！

「哎呀，果然是貴子呀！」悟叔笑容滿面地看著我。

走近前看到的悟叔，果然比以前蒼老了許多。眼角有著難以遮掩的皺紋，曾經白皙如同薄命少女的皮膚也長出多得嚇人的斑痕。不過藏在鏡片後的眼瞳還是發出跟小孩子一樣的明亮光芒。

「你一直在店門口等我嗎？」

「我想說也差不多快到了。畢竟這一帶到處都是二手書店，不是嗎？我擔心妳會迷路，所以就在這裡等著貴子來。我還一直在找穿制服的女生身影，沒想到貴子不知不覺間已經是大人了。」

那還用說嗎！最後一次見面是在我高一時，到東京參加祖父周年忌的時候，距今已經有十年的歲月了。不過就是這種感覺，完全跟我記憶中的悟叔一模一樣。儘管年過四十，他那種不修邊幅的態度依然沒變。在他身上大概找不到威嚴二字吧！當年進入青春期的我，對於如何拿捏與人之間的距離極其敏感，根本摸不清這種氛圍，不知道該如何與其相處。

我將視線從始終看著我的悟叔身上移開，轉往店面。

「原來這就是曾祖父一手開創的書店呀。」

我有些感慨地看著掛有「近代文學專賣・森崎書店」招牌的書

店。我沒有看過曾祖父本人，眼前的這家書店到了悟叔已歷經三代，倒也不容易。

書店大約蓋了有三十年的歷史，外觀甚至看起來更老舊。木造的兩層樓建築，玻璃門裡面擺滿了二手書。

「最早的店是在大正時代（一九一二—一九二六年），開在鈴蘭巷裡，現在早已不存在了。所以正確說來，這裡算是第二代的森崎書店。」

「是哦。」

「來吧，先進去再說。」

悟叔半搶半拉著我的行李，引我走進店裡，一股刺鼻的霉味迎面飄來。

我忍不住抱怨「霉臭味」，悟叔趕緊笑著訂正說：「我倒是希望妳能用清晨雨後那種潮溼的味道來形容。」

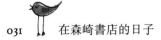

到處都塞滿了書，感覺在那間光線不足的四坪大小房間裡，似乎所有東西都沾染了昭和年間（一九二六—一九八八年）的風味。整齊排放的書架裡擺滿了不同開本的書籍，大部頭的套書則是堆放在牆邊。用來結帳的小櫃臺後面也堆滿了書本。要是發生大地震，所有的書肯定會跟雪崩一樣，不把人給壓成肉餅才怪！

「這裡有多少本書呢？」我半吃驚地詢問。

「我想想看，大約有六千本吧。」

「六千本！」我發出高八度的驚叫聲。

「因為店面小，這已經是最大極限了。」

「招牌上寫近代文學專賣，那是什麼意思？」

「噢，因為我們主要賣的是近代日本作家的書。妳看看，就像這個……」

在悟叔的敦促下，我瀏覽了一整排書背上的文字。其中有芥川龍

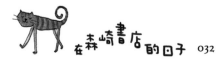

之介、夏目漱石、森鷗外等我也知道的名字，但大部分的作家我聽都沒聽過。而且那些我知道的作家，頂多也只是高中課堂上有讀過而已。

「居然能收集到這麼多人的書！」聽到我這麼說，悟叔笑著回答：「這附近的書店幾乎都是像這樣專賣某一領域的書籍，有賣學術專業書籍的，也有專門收購劇本的書店；甚至有的書店賣的是舊明信片、老照片等特殊品項。這裡可是世界第一的二手書店街呀。」

「世界第一？」

「沒錯。因為從明治時代（一八六八—一九一二年）起，這裡就是文化中心，受到作家和文人雅士的喜愛至今。書店之所以這麼多，也是因為從那個時候起有很多學校都蓋在這附近，使得賣學術書籍的書店一時之間增加了許多。」

「原來發展得那麼早呀。」

「就是說呀，這條街可是充滿歷史，而且到今天依然綿延不斷呢！像森鷗外、谷崎潤一郎等作家還以這裡為舞臺寫過小說。近年來也有不少外國觀光客到此一遊咧。」

悟叔驕傲的表情就像在說自己的事情一樣。

「我住在東京卻一點也不知道這些。」

我很老實地說出內心的感想，同時也為自己的一個提問引來悟叔如此詳盡的說明，感到佩服得五體投地。還以為他整天遊手好閒、不務正業，沒想到知道的事情還真不少。這麼說來，我小時候去他房間玩時，他的房內是否也堆滿了艱深難懂的歷史書和哲學書呢？

「下次可以在這附近走走看看，因為有很多有趣的地方。至於今天，就先到此為止，我帶妳去看房間吧。二樓雖然堆滿了書，但房間很大的。」

瞄了一眼二樓的房間，我差點當場昏倒。那些放不進店裡的「藏

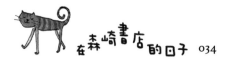

書」就像一座又一座的小塔到處堆放在房間裡，想找個可以落腳的地方都沒有。看起來簡直就像是出現在科幻電影中的未來城市場景。老舊的冷氣機雖然已開著，但身上沁出的汗水卻沒有停過。遠方傳來夏蟬尖銳的鳴叫聲。

我用冷淡的眼光看著身邊的悟叔，說什麼「那麼我也得準備一下才行」。眼前這光景就連一隻老鼠也找不到可以好好伸腿睡覺的地方吧！

「哎呀，真是不好意思。因為貴子要來，我的確想過要整理的。」悟叔抓抓滿頭蓬髮試圖解釋，「可是我三天前腰痛又犯了。這是開二手書店的宿命呀。不過我好歹也移了一半的書到隔壁房間，只要把剩下的稍微整理一下移到隔壁去，就能住人了。」

這時聽見樓下傳來開玻璃門的聲音，悟叔說聲「不好意思」便像逃跑般下樓了。

我環視著整個房間，發出長長的嘆息。居然信口雌黃說什麼「稍微整理一下」！我有種誤上賊船的感覺。問題是我已經把之前租的房間給解約了，只能住進這裡。我做好心理準備後，開始整理房間。

那一整天我都在跟書本們奮戰，汗流浹背地忙著將堆積如山的書本丟進隔壁房間。稍有不慎，那些書本就會像犯了神怒的巴比倫塔一樣應聲倒塌，更增添我憎恨書本的怨氣。

好不容易到了晚上，我成功將大部分的書本都搬進空房間裡，也救出慘遭滅頂的矮桌。隔壁房間的書本幾乎都快堆高至天花板，令人有些擔心地板能否承受得住。還好這房子看起來很堅固，應該沒事吧。我用吸塵器吸取如惡靈般瀰漫在房間裡的塵埃，然後用抹布擦拭牆壁和榻榻米，終於讓房間有了可以住人生活的模樣。

我心中帶著幾分滿足感，像個門神般站在房門口看著自己的成就時，關上店門的悟叔也上樓了。

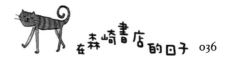

「哦，整理好了嗎？真是太厲害了。貴子要是十九世紀的英國人，能成為身手俐落的女僕。」嘴裡說些莫名其妙的讚美之詞。真是要命，今後我還得好好跟這個人融洽相處才行呀！

「我累了，想睡了。」

「嗯，那妳今晚就好好休息吧。明天早上就麻煩開店了！」

等悟叔一離開書店後，我趕緊洗澡，不等頭髮吹乾便鑽進了有著霉臭味的被窩裡。

關上燈後，突然覺得房間裡安靜無聲。感覺好像四處堆疊的書本們把所有聲音都給吸收掉了。

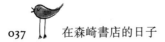

茫然地看著昏暗的天花板，想到「暫時得住在這裡生活嗎？看來我應該無法習慣吧」不禁有些不安。但那也只是一瞬間的事，因為下一秒鐘我已經發出鼻息，呼呼大睡起來。

夢境中我是住在未來都市裡的女僕機器人。那條街上的所有建築物都是用二手書堆砌成的。

隔天早上醒來時，我想不出來自己身在何處。猛然看向身邊的鬧鐘，發現時間已經指著十點二十二分。

頓時回歸到現實，大叫一聲「天啊」立刻跳了起來。書店十點開門，我明明在睡前將鬧鐘設定在八點的，居然趁我不注意給關掉了，到底是誰那麼壞心眼？當然那個人就是我自己。

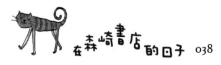

這是多麼失態的事！我一向自詡不貪睡賴床，在公司上班三年來從沒有遲到過。我穿著睡衣、頂著亂髮急急忙忙地衝到樓下，將沉重的鐵門給捲上去。夏天的陽光一下子都照進了室內，面對馬路的其他店家都已經開張，看來我真的是動作太遲了。

這下該怎麼辦才好？我要如何跟悟叔解釋這筆早晨的營業損失呢？我處於半錯亂的狀態，穿著睡衣呆坐在櫃臺前達三十分鐘。令人驚訝的是，這期間沒有人來店裡，之後也看不出有客人會上門的樣子。儘管路上有一些人走來走去，但他們都只是路過而已。我開始覺得有些愚蠢，便悠哉地上樓換衣服、梳頭髮，稍微畫了一下妝才又走下樓來。

到了中午，總算才陸陸續續有客人上門。可是他們幾乎都只是買一本五十元、一百元的文庫本。我不禁擔心照這樣子下去，這家店能維持下去嗎？我少說吞了三十次的哈欠，還打了兩次瞌睡。

大約一點左右，有個頭頂光禿禿，身材中廣的大叔走了進來。他一看到坐在櫃臺的我就發出狐疑的聲音問：「咦，阿悟呢？不對，應該先問妳是誰？工讀生嗎？可是這裡應該請不起人幫忙才對呀。」

大叔像連珠炮似地一連問了我許多問題。該怎麼說呢，這位大叔好像跟這裡很熟。

「是這樣子的。我叔叔今天下午兩點才會到。我是他姪女，名叫貴子。與其說是來打工的，應該說是借住在這裡。關於這裡的經濟情況，我不是很清楚。」

看到我一口氣回答了所有問題，大叔很感興趣地盯著我看，並發出驚呼聲說：「哦，原來阿悟有個這麼年輕可愛的姪女呀！」

我對他微微一笑。暗自慶幸還好沒被看到剛才的醜態。看來這位大叔人很不錯的樣子，不但性情溫和，還很有眼光。

「我突然想說好久沒讀志賀直哉[1]了。妳知道我老婆上次才賣掉我的一大堆藏書呀。」

大叔一邊在書架裡轉來轉去一邊說。可是我哪知道他在說些什麼，畢竟我們今天是頭一次見面。

「所以到底在哪裡呢？」

「什麼東西在哪裡呢？」

「不是跟妳說了志賀直哉嗎。」

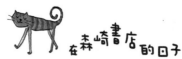

「是哦。我想應該就放在那一帶吧。」

大叔像在審判我似的，用凶惡的眼光看了過來。

「妳讀書嗎？」

「沒有，完全不讀。」

看到我笑著回答，大叔的表情立刻變得猙獰。而且眼睛也剎時亮了起來。

接下來他就開始長篇大論指責我，真是受不了。說什麼現在的年輕人都不讀書，整天只知道玩電腦、打電動，簡直無可救藥。就算讀書，也都是看漫畫或手機小說等沒有水準的東西。我兒子都快三十

1 志賀直哉（一八八三—一九七一年），日本宮城縣人。日本近代作家，多創作短篇小說為主，屬於「白樺派」代表之一，著名作品有《暗行夜路》、《和解》、《在城崎》。與谷崎潤一郎是好朋友，兩人共同得過文化勳章。

了，只知道打電動。妳聽好了，小姑娘！你們這樣只能看到這個世界的表象。如果不想變成那種膚淺的人，好歹也該翻翻陳列在這裡的偉大書本吧！

大叔喋喋不休地罵完後離去，大概花了將近一個鐘頭的時間。結果那麼盡情地數落完別人，卻什麼東西也沒買。搞得我突然覺得人好累，所以當三十分鐘後終於看到悟叔出現時，瞬間就像是看到了救星一樣。

「今天怎麼樣呀？有沒有什麼特別的事？」悟叔一踏進店裡就立刻邊檢查帳本邊問我。

「沒有。」我無精打采地回應，「不過中午過後有個長著一頭好像蒲公英棉絮，但除了側面以外都光禿禿的人過來說了很多話。」

「啊，那是三爺啦。是咱們店二十年來的常客了。」

我聽了不禁苦笑。那位大叔果然很適合三爺這個稱呼。

「他那個人呀，打從心底喜愛日本的文豪們，不過就是話多了點，有時我也會覺得很困擾。只要給他一杯茶，有事沒事附和一下，時間到了他就會回家。」

是哦，原來開店做生意也是會遇到各種人呀，我喃喃自語。倒是「常客」這兩個字在這個時代聽起來就有種彌足珍貴的感覺。

「對了，悟叔……」我想起了今天最大的疑問。

「什麼事？」

「這家店沒問題吧？因為沒什麼客人上門，就算有人買書也都是挑便宜的……」

悟叔愉快地放聲大笑。

「說得也是呀，誰叫現在是舊書沒賺頭的時代呢。聽說我老爸年輕時，二手書店生意好的不得了。因為當時的出版業沒有今天這麼發達，電視又不普及，情況是完全不同。不過咱們店從六年前起也開始網路行銷了，偶爾能賣出定價好幾萬的珍本書，所以多少還能撐得下去啦。何況還有像三爺一樣從我老爸那時候起就很照顧書店生意的常客們。貴子，妳平常不逛二手書店嗎？」

「如果是Bookoff[2]，偶爾會去。因為有漫畫可以看。」

「是嗎，這年頭到處都有那種大型的連鎖二手書店。在那種地方是不會擺有咱們店裡這種好幾十年的作家所寫的書，因為沒有需要。不過社會上還是有很多人喜歡這種二手書的，甚至跟貴子一樣大的年輕人之中也有人喜歡。對那些人而言，這裡就像天堂一樣。比方說我就是他們其中的一員。」

「是哦。這樣想想，悟叔以前的房間裡的確是堆滿了書。悟叔繼承這家書店有多久了呢？」

「嗯……從我老爸倒下來那個時候算起，應該有十年了吧。不過我跟其他書店老闆比，根本算是菜鳥啦。大家少說也都是經營了三、四十年。」

「哇，好厲害喲！這是個我不太能理解的世界。」

「貴子，妳也不妨讀一讀書。反正這裡就是書多，隨便挑本妳喜歡的來讀吧！」悟叔微笑地對我說。

我只是哈哈一聲敷衍過去。

之後我不再睡過頭，總算能做好打開店門的工作。幸運的是，到中午之前書店多半很空閒，我只需要坐在櫃臺後面發呆就可以了。

2 日本大型連鎖二手書店，全國擁有七百多家分店。

雖然說搬了家，我的生活跟之前倒也沒什麼太大的改變。早上先打開店門，在悟叔來之前看店，之後任務結束就一溜煙爬上樓，繼續鑽進被窩裡睡覺。

房間裡只準備了生活最低限度的必需品，也許根本稱不上是生活，但對我卻是再方便不過了。因為此刻我的心境只想把人世間的一切煩人瑣事都拋諸腦後。

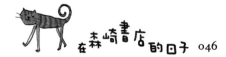

中午過後，悟叔總是穿著不可能出現在上班族身上的服裝現身。進店裡後首先檢查帳簿，確認網路訂單，然後打電話聯絡公事。「哎呀，辛苦了」、「實在有些吃緊呀」、「得度過眼前的難關才行」，似乎悟叔很感嘆經營狀況的不順遂，老是在電話中提到這些話。可是說話的語氣又好像挺高興的。

我有些意外的是，二手書業界裡其實存在著一個頗大的網絡。根據悟叔的說法，他之所以能夠大量進書、書店之所以能夠貨源不絕，主要是靠那個網絡和人脈在支撐著。尤其是像森崎書店這種專門店，光是靠客人拿家中藏書來賣是無法滿足庫存量的，重點在於出席公會等舉辦的拍賣會，看能搶到多少二手書。

「是呀，雖然說是個人經營，然而跟這個業界保持良好的關係比什麼都重要。其實這個道理放諸整個社會也都通用的呀。」悟叔說時一臉的得意。

話又說回來，那樣的他跟我從祖父那裡得到的「二手書店老闆」印象卻是相去甚遠。

祖父是那種擇善固執的人，沉默寡言，每次家族聚會時總是以一家之主的身分鎮坐在正中央。小時候我很怕他，祖母看到就笑著安慰我說，「他是標準的二手書店老頑固，已經沒救了」。

至於悟叔，就像是渾身沒長骨頭的軟體動物一樣缺乏原則。這是我頭一次有那麼多時間跟他共處，越是相處就越對他處事沒有原則感到驚訝。甚至還多管閒事地擅自推測：桃子嬸嬸大概也是看不慣悟叔這一點才離家出走的吧！不過悟叔對於經常上門的老客人們倒也能很親切地陪他們東聊西扯。

基本上我們之間除了工作，不會聊其他的話題。但一個禮拜過後，悟叔似乎受不了了，一臉詫異地問我，「貴子怎麼老在睡覺呢，簡直就像是睡魔大王！」

「因為我正處於愛睡覺的年齡。」

我冷冷地回應。我是不可能讓悟叔有機會干涉我私人領域的。

「二十五歲是愛睡覺的年齡嗎？」悟叔佯裝白目地問。

「沒錯，會睡的孩子才長得大。」

「可是難得有那麼多時間，怎麼不到附近散散步呢？這裡有很多有趣的地方呀。悟叔我小的時候經常跑來這裡玩，到現在也沒生膩過。」

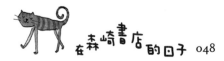

「多謝啦，我還是比較喜歡睡覺。」

悟叔似乎還想繼續說下去，我卻強制性地結束這段交談。之後就像石頭一樣悶不吭聲，不管悟叔說什麼就是不回應。

我在心中賭氣地冷哼一聲。照理說悟叔應該從老媽口中得知我發生了什麼事，卻一點也不懂得憐香惜玉，居然可以毫不在意地說那種話，我對他十分生氣。

之後竟連常客三爺也知道我的生活，竟揶揄我是「睡魔大王貴子」。

「是誰告訴你的？」

我板起臉孔問三爺，但除了悟叔，凶手還會有誰呢！真是令人生氣的傢伙！

「妳怎麼一天睡十五個小時都不會膩呢？」

「我沒有睡十五個小時，頂多只有十三個小時。」

聽到我我沒好氣地否認，三爺一臉驚訝地搖搖頭。

「我二十幾歲的時候，可是捨不得睡覺，時間用來讀書都不夠呀！」

「我一旦決定用來睡覺，就是要睡覺。」

「瞧妳這麼頑固，跟阿悟一模一樣！」

「那是不可能的，誰會跟那個糊塗蟲一模一樣！」

「你們就連那種獨特的幽默感也很像呀！」三爺說完哈哈一笑。

「都跟你說一點也不像，拜託請不要把我們相提並論。」

「哎呀呀，妳可不要小看他呀！」三爺的語氣突然變得很認真，「即便他是個蠢蛋，至少也是這家書店的救世主。」

「救世主？」我睜大了眼睛反問。

「沒錯，不然妳問他本人看看。」

三爺故意留下伏筆，然後做作地舉起手用西班牙文說聲「Adios

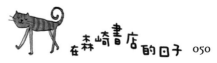

（再見）」，走出店門。

誰在乎呀！我心想。我對悟叔是救世主的說法毫無興趣，因為我一心只想趕緊鑽回被窩裡好好地睡大頭覺。

不過話又說回來，我對自己這麼能睡也有些吃驚。雖然跟三爺說只是睡了十三個小時，但如果是書店公休的日子可就睡了一整天。我希望睡呀睡地一直睡下去，因為在夢中可以不用想起討厭的事情。夢境是甜死人不償命的蜂蜜一樣，而我就像是蜜蜂一樣不停飛著尋找那樣的地方。

反過來說，醒著的時候沒一樣是好的。經常會不由自主地想起英明，想起他如何地笑、如何地撫摸我的頭髮。說來也很偏心，就連他對自己的五音不全感到自卑、哭點很低的個性等，我都喜歡。我也知道自己很愚蠢，但是跟他在一起的時候，的確感到很幸福，那些回憶甚至都深深刻劃在細胞的記憶之中，很難消失殆盡。

事到如今，有時我還會懷疑他那天對我說的話或許全部都是謊言吧，他只不過是想跟我開個玩笑而已。然後說聲「我是騙妳的啦」，他只是想嚇嚇我罷了。然而那是不可能的！要不然此刻的我就不會在這裡。

為了不讓自己想東想西，不要陷入回憶之中，就算是頑固也好，我只能不停地睡覺。

時間以無法挽回的速度迅速流失中。

「貴子，妳睡了嗎？」

夏天即將結束的某個晚上，悟叔隔著紙門問我。我瞄了一下時鐘，已經是晚上八點的關店時刻了。

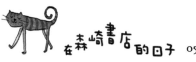

「睡了。」我躺在被窩裡回答。
「睡了的人是不會答話的。」
「可是我已經睡了，誰叫我是睡魔大王呢！」
「哈哈哈！」悟叔在紙門外大笑說：「妳生氣了嗎？因為我跟三爺說了。」
「我當然生氣，把人當怪物看。」
「哎呀呀，我也是擔心姪女才不小心說出口的嘛。三爺他也很關心貴子，總是會問東問西的。妳要不要出來走走？我剛好有個地方要去，妳也一起來吧？」
「不用了。」
我朝向紙門斷然予以拒絕，可是悟叔依舊不肯放棄。
「又不是要去做壞事，去嘛？只要妳肯去，我答應從今以後絕對不干涉妳的睡眠。」

「真的嗎？」我半信半疑地確認。

「嗯，我們可以打勾勾呀。我如果說謊的話，妳可以打我三百下手心。」

沒辦法，我只好起床，用手指順了一下頭髮，稍微拉開一下紙門。

「你答應我了喲。」

悟叔看到我從門縫看著他，趕緊點頭微笑說：「嗯，我答應妳。」

他要去的地方離森崎書店不遠。

「就是這裡。」

他說完站在巷子裡的一家店門口。那是現在很難得看得到的木造建築老式咖啡廳，感覺老闆就應該是留著山羊鬍、看起來酷酷的中年男子才行。寫著「思波爾」的招牌在燈光照射下，幽幽地浮現在黑暗中。

「這裡是我常來的地方。」

悟叔用力推開沉重的門扉，一股香醇的咖啡氣味就飄散出來。

「唉呀，原來是阿悟啊，歡迎光臨。」

站在吧臺後面正將熱水倒進虹吸壺的男人一看到我們進來便開始打招呼。

「晚安，老闆。這是我姪女貴子。」

「妳好。」

我跟著悟叔一起坐在吧臺前的座位，並跟對方點頭問好。咖啡廳老闆雖然沒有留鬍子，但是一臉酷樣，顯得很有威嚴，年紀大概四十好幾、不到五十吧。真希望不管多大歲數還是跟小孩子一樣的悟叔能跟他多學著點。

「我要綜合咖啡，貴子妳呢？」

「那我也一樣。」

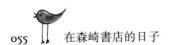

大致環視了一下整個咖啡廳，店內的燈籠透出柔和的光線，還有輕快的鋼琴樂聲，是個能讓人心情沉靜的空間。泛黑的紅磚牆上寫滿了過去來此的客人們留下的塗鴉，沒想到居然跟店裡優雅的氣氛十分調和。這裡的感覺真不錯，喚起了我失去已久的心動與興奮，也讓我稍微振作起精神。

「這家店大約五十年前開始經營的，有許多名人來過。」悟叔為我說明。

「是哦，我就說這種令人感覺沉靜的氣氛不是隨隨便便就能製造出來的嘛。」我用力點頭附和。

大約過了五分鐘，一名年輕的女服務生送來兩杯咖啡。

「森崎先生，晚安。」

「晚安呀，小朋。這是我姪女貴子。」

「妳好。」

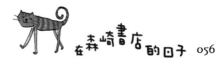

看到我點頭致意，名叫「小朋」的女孩子也微笑問候。

「小朋是咱們店的常客，她很愛讀書。」

「我才沒有啦。」

小朋說完，臉上浮現羞澀的笑容。她的年紀跟我差不多吧，還是比我小一點呢？有著白皙豐潤的臉頰，說話的方式落落大方。黑色圍裙穿在她身上很適合，感覺很可愛。我有種彼此應該很合得來的預感，不禁有些高興起來。

「怎麼了，貴子？難不成妳喜歡女生嗎？這裡也有年輕男孩子呀。」悟叔說完對著吧臺裡面招手大喊：「高野。」

「森崎先生，你好。」一個又高又瘦的年輕男子從布簾中間的縫隙探出頭來跟悟叔打招呼。

「高野，哪天跟我姪女約個會吧。」

「討厭！」我用力拍打了一下悟叔的手。

那個叫高野的人似乎很容易害羞，被這樣子一說就已經滿臉通紅了。

「高野他將來想開自己的咖啡廳，所以在這裡拜師學藝。不過老是失敗，常挨老闆的罵。」

悟叔說到「常挨老闆的罵」時，語氣顯得特別高興。老闆聽了立刻抗議說「別把我說得好像壞人一樣」。我雖然很同情高野，不過瞧他又高又瘦，好像輕輕一推就會倒下的樣子，也頗認同悟叔說的話。

在那之後，悟叔的精神始終很好。聽到附近座位的中年女子開口打招呼「唉呀，阿悟，你來了呀」，他就「哦，原來是柴本太太呀」立刻搖著尾巴坐了過去。接著別桌的客人一喊他，他又馬上起身移動。

明明在書店裡還很無精打采的樣子，怎麼才踏出門就變了個樣呢？我就像被狗耍弄的主人一樣，不禁嘆了一口氣。

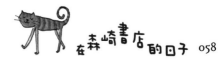

「阿悟在這裡的人緣很好。」

咖啡廳老闆苦笑地跟我解釋。他笑的時候，眼角會堆起溫柔的皺紋。

「那是因為他喜歡到處哈啦。」我語帶諷刺地說：「倒是這裡的咖啡真好喝，我頭一次喝到這麼好喝的咖啡，而且店裡的氣氛也很棒。」

老闆輕聲笑說：「謝謝。看來這家店也能讓第一次上門的年輕客人有新鮮感。妳叫貴子是吧？以前沒來過這一帶嗎？」

「是的，我從來沒來過。不過最近我開始借住在叔叔的店裡。」

「噢，住在森崎書店呀。那不錯嘛，請好好享受神保町的生活。」

「是哦……」我不置可否地咕噥。

「怎麼了？」

「我叔叔也說過一樣的話。」

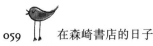

「那是當然囉，因為沒人比阿悟更喜愛這裡了。」

「可是我就是不太能理解。」我又開始咕噥，「啊，剛剛我說這家店很棒，並不是隨便說說的。下次我還會再來。」

「嗯，歡迎妳隨時光臨。」

老闆說完後露出微笑，眼睛瞇成了一條直線。

我們坐了很久，離開咖啡廳時夜都深了。我和悟叔漫步在街頭，晚風已充滿秋天的氣息，涼涼地輕拂著臉頰。

悟叔因為之後點了一瓶啤酒而有些醉意，嘴裡唸著「今晚夜色真美」，腳步踉蹌地走在我前面。

仔細想想，我除了小時候，之後再也沒有像這樣跟悟叔一起走在路上。那時候我們倆常假借探險之名，一整天手牽手到祖父家附近的巷弄裡流連徘徊。是有什麼東西那麼好玩呢，可以讓我高興地又叫又

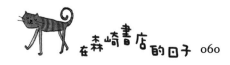

跳的？對於身為獨生女、經常一個人想心事的我而言，悟叔就像是年長許多的溫柔哥哥一樣，我總是那麼期待跟他見面。

茫然地想著這些事時，腦海中鮮明地浮現出以前在悟叔髒亂的兩坪半大房間裡，聽他彈著不怎麼高明的吉他唱披頭四的歌曲和專心讀手塚治虫、石森章太郎的漫畫等情景。突然間對走在前面的悟叔，稍微湧起了一些當時的親近感。

「我說悟叔……」我開口呼喚眼前那個不怎麼可靠的背影。

「什麼事？」

悟叔回過頭，用他始終如同少年般的眼睛望著我。

「悟叔在我這個年紀的時候，都在做些什麼？」

「我想想看，應該整天都在看書吧。」

「就那樣子嗎？」我有些失望，「感覺跟現在沒什麼兩樣嘛……」

「還有就是旅行。」

「旅行？」

「是呀，感覺就像是在日本打工存錢，然後背上背包環遊世界各國。我去過泰國、寮國、越南、印度、尼泊爾，歐洲大陸也跨越過一次。」

沒想到悟叔是那麼充滿活動力的人，我十分驚訝。

「你為什麼要那麼做呢？難道沒想過跟一般人一樣找個工作嗎？」

「說得也是呀……」大概是在回想當年，悟叔盤起了手臂，發出沉吟的聲音，「簡單說來，我想用自己的眼睛確認不同的世界。同時從中找到自己各種的可能性。我想探索的不是別人的，而是專屬自己的人生。」

為了嘗試找到自己的可能性而走出日本，結果卻變成那間二手書店的老闆，這樣不是有些矛盾嗎？我不禁納悶地側著頭。

不過悟叔現在說的這些話，跟我小時候對他所抱有的印象相去甚

遠。反倒是長大成人的我在今天似乎有點能夠理解悟叔的心情。不受任何束縛、只憑著自己的價值觀，過著只要我喜歡又有什麼不可以的生活，是我大學時代常有的夢想。當然那種實際付諸行動的勇氣，我是半點也沒有的。

或許悟叔能夠如此狂放自如的祕密，說不定就是根源於此。想到這裡，我竟開始有點羨慕起他了。

「總之，我二十來歲的時候就是那樣子遊手好閒，經常惹我老爸生氣。後來老爸病倒過世，我就直接繼承了這家店。」

「你後悔過嗎？」

「怎麼會！」悟叔笑著說：「沒有比這個職業更適合我了。對一個愛書的人來說，這麼美好的環境絕無僅有。能夠在這裡開店，我覺得很驕傲。所以我感激老爸和爺爺都還來不及呢。」

「是哦，感覺悟叔這樣子很好嘛。」

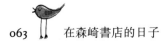

「好什麼？」悟叔露出不解的神情。

「因為可以做你喜歡的工作過日子呀。」

「其實也未必，一開始我也有不少的抗拒。畢竟繼承老爸的店，這種事我年輕時做夢都沒想過，即便到現在也還是很迷惘。不過找到自己真正想追求的事，或許本來就不是那麼容易也說不定。搞不好得花上一輩子才能逐漸弄清楚吧。」

「我……這樣子什麼都不做，是不是在浪費時間呢……」

悟叔凝視著我露出溫柔的微笑。

「我不那麼認為。人生有時候試著停下來也很重要。就像是在人生的長途旅行中稍微休息一下。這裡是碼頭，妳這條船不過只是暫時在此下錨停留罷了。一旦休息夠了，再重新航行不就好了嗎。」

「說得真好聽，之前還在抱怨人家睡太多。」我惡狠狠地反駁。

悟叔聽了哈哈大笑，「因為人本來就是充滿矛盾的生物呀。」

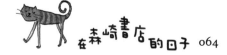

我不禁也跟著大笑。他這個人就是這副德性。

「結果悟叔你又是讀書又是旅行的，學會很多東西了嗎？」

「這個嘛……不管去過哪裡，讀了多少書，感覺自己好像什麼都不知道，什麼也都沒學會。這就是人生吧！人總是活在迷惘之中。山頭火[3]不是有一首俳句說：『翻山又越嶺，山色依然青』嗎？」

「對了，悟叔……」

我打算藉著今夜的氣氛開口詢問一直放在心裡的疑問。

「嗯？」

「桃子嬸嬸為什麼會離開呢？」

「嗯……我跟她的想法其實很像。那是我們結合在一起的原因，

3 種田山頭火（一八八二—一九四〇年），本名種田正一，俳句詩人。

也是讓我們分開的原因。我們是在旅途上相遇，彼此愛上對方。可是我們無法始終繼續走在同一個旅程，也不會抵達同一個港口。我以為我們的終點一樣，遺憾的是我錯了。」

「原來如此……當時是什麼樣的心情呢？很傷心嗎？」

「該怎麼說呢……」悟叔抬頭仰望著濃雲密布的天空說：「傷心當然也會有，不過……」

「不過？」

「不過現在我希望她不管人在哪裡、做什麼，都能幸福。」

「可是，」我無法完全理解悟叔的心情而追問，「嬸嬸是拋棄了悟叔離家出走的啊？」

「桃子是我唯一真正愛過的女人。這個事實是這一生都不會改變的。兩人生活過的回憶至今仍深深留在我的心頭。就這個意義來說，我還愛著桃子。」

你怎麼會那麼想呢？

我還想再問下去，可是悟叔站在街燈下的瘦小背影，看起來是那麼的孤寂，讓我無法再多說些什麼。

那天晚上，我莫名其妙地很難入睡。情緒很亢奮，到了三更半夜還是靜不下心。

就這樣一直躺在被窩裡，許多思緒在腦海中交錯，然後逐漸膨脹。今後自己的未來和過去的痛苦回憶不斷翻來覆去，占據了整個頭腦，真是痛苦不堪。

這樣下去也不是辦法，我只好起床。如果不找點事情來做，只怕最後會痛苦得窒息身亡。雖然也考慮看電視，但得先把堆在電視機前的書本給搬開才行，而且半夜三點鐘也沒有節目播放吧。

茫然地望著黑暗，心想如果有書就好了。看書就能打發時間。

突然間我驚叫一聲。仔細想想，這裡不就是書店嗎？書本堆得到處都是。只因為過去對它們都抱著敵對的心態，所以才會忘記它們本來應有的功能。

我打開電燈，立刻開始物色有沒有什麼有趣的書本。可是根本無法判斷哪一本好看，因為每一本都一樣老舊。換做是悟叔的話，他應該可以從中挑出許多喜歡的作品吧。

沒辦法我只好站在堆積如山的文庫本前，閉上眼睛，伸出手，直接抽出手指碰到的第一本。那本書的書名是《一個少女之死》，作者室生犀星[4]。他的名字我只有在高中的現代語文課上聽過。

在那個只有床頭燈亮著的昏暗房間裡，我躺在被窩裡，不抱任何期待地開始讀那本書。我以為自己一定會因為看書很無聊而很快入睡。

沒想到這是怎麼一回事！一個小時後，我完全沉浸在那本書裡。

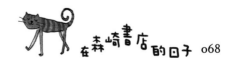

固然文章本身夾雜了許多艱深的用字，但因為內容是以普遍的人性心理為主題，剛好抓住了我的心。

故事從主角在金澤度過的少年時代寫起，主要情節則是他懷著當詩人的夢來到東京，開始在根津生活的種種，其中包含了她對同父異母的姊姊、友人的女朋友等女性的愛慕之情。書名中的「一個少女」，指的是主人公來到東京後找不到工作，在貧困中苟延殘喘的主角偶遇認識的少女。因為和該名少女的交流，他那滿是傷口的心得以暫時獲得療癒。

那本書最吸引我的地方是，儘管描寫的是在複雜環境中成長、度過鬱鬱寡歡青春期的主角，但作品整體卻彌漫著安靜優雅的氛圍。那

4 室生犀星（一八八九—一九六二年），本名室生照道，著名詩人、小說家。

種無法用言語形容的沉穩情感，深深觸動了我的心。沒錯，如果硬要解釋的話，那應該是源自於作者對人生的堅定愛情吧。

當我回過神來，天色已開始逐漸發白，但我還是繼續翻頁展讀。

第二天悟叔來的時候，我難掩興奮地迎上去。看到平常連招呼也不打一聲的我飛奔過來，悟叔不禁睜大了眼睛。

「這本書，很有趣！」我手裡拿著《一個少女之死》說。

結果悟叔的臉馬上亮了起來，宛如收到美好生日禮物的小孩子一樣。

「我就說吧，我就說吧！」悟叔高興得就像是自己的事似地。

「嗯，真的很好看。該怎麼說呢，讓我很感動。」一下子找不到話來形容，讓我很著急。因為「感動」二字並不足以說明我內心複雜的波動。

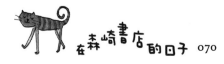

「哎呀，我真是高興聽到貴子那麼說。而且一開始就挑戰室生犀星這麼艱澀的作家。」

由於悟叔看起來真的很高興，連帶也影響我跟著高興不已。

我們不斷地圍繞著那本書東聊西聊。那是一種過去沒有銜接點的人，突然因為某件事而連結在一起的喜悅。儘管對方是像悟叔那種人，不對，正因為是像悟叔那種人，心情才會如此雀躍。

原來真的會有突如其來的事為自己開啟未知的門扉。這就是我當時的心情。

沒錯，因為那件事我開始不斷地看書。感覺好像過去在內心深處沉睡的讀書欲，砰然一聲發出巨響，整個蹦了出來一樣。

我品味著內容，慢慢地一本接著一本閱讀。反正時間多的是，也不必擔心書會被我讀完。

永井荷風、谷崎潤一郎、太宰治、佐藤春夫、芥川龍之介、宇野浩二[5]……不管是知道名字卻沒有好好讀過的人，還是連名字都沒聽說過的人，我貪心地只要覺得有趣就全部拿起來讀，而且還能接二連三地找到想讀的書。

過去我完全都不知道會有如此美好的體驗，甚至惋惜之前的人生白白浪費了。

我不再像過去一樣貪睡嗜眠，因為已經沒有必要。以前要靠睡覺來逃避現實，現在取而代之的是，和悟叔交接完看店任務後，不是在自己房間就是去咖啡廳讀書。

二手書中充滿了許多我從來沒有意識到的歷史，而且並非只限於跟書籍的內容有關。我總是能從每一本書中發現一些長年歲月經過的痕跡。

例如在梶井基次郎[6]的《心情風景》中我曾在某頁看到這句話——

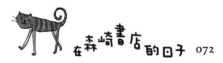

所謂的審視是什麼呢？是必須用上自己的一部分或全部的靈魂去觀看。

就像這樣曾經有個讀過該作品受到感動的人用鋼筆在旁邊畫線。因為我自己也同樣對該段文字很有感觸，不禁感覺和那個陌生人心靈相通而高興莫名。

其他像是發現書中有押花書籤。這時候的我會嗅著早已經淡然無味的花朵，幻想著那是什麼樣的人、在什麼時代、以著什麼樣的想法將書籤夾在其中呢？

5 宇野浩二（一八九一—一九六一年），本名宇野格次郎，作家。

6 梶井基次郎（一九〇一—一九三二年），昭和文學史上最具影響力作家之一，作品風格多為近散文詩式的小品文，代表作為短篇小說〈檸檬〉。

那種超越時空的偶遇，只有在二手書中才能品味。於是，我開始喜歡上銷售那些二手書的森崎書店，開始意識到自己能置身在那個時光安靜流過的小小空間裡是多麼珍貴的境遇。也因此我逐漸熟悉二手書店裡的作家們，不知不覺間也和常客們相處融洽。三爺發現到我的態度異於從前，「噢！貴子，不錯嘛」，對我有些刮目相看。

另外，到街頭散步也成了我的新習慣。

剛好那個時候天氣轉涼了許多，最是適合到處走走的季節。行道樹葉日漸變黃的樣子，似乎也呼應了我內在心情的緩慢變化，勾引我無法繼續待在室內。

走在路上，我用不同於剛到神保町時的心情眺望街景。於是整條街就像是一座冒險場，心情不禁雀躍了起來。因為在這充滿人情味的舊市區一角，有著二手書店、咖啡廳、異國風小酒館等各種讓人想一探究竟的店家，散落在大馬路上或小巷子裡。儘管如此，整個區域卻

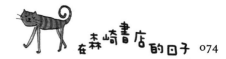

有著獨特的沉穩感覺，完全不見我所難以忍受的猥瑣氛圍。

雖說同是書店，其實每一家各自擁有不同的色彩。這也是我好不容易才感受到的事實。

光是小說就可分成外國文學、時代小說等為數眾多的專門店，甚至還有只賣電影雜誌、兒童書籍、江戶時代古籍的二手書店。有的老闆跟祖父一樣充滿頑固老頭的味道，也有身段柔軟的年輕老闆，真是一樣米養百種人。根據我隨意走進路邊的觀光諮詢處所得到的資訊，聽說光是書店就有一百七十間以上。果然如同悟叔所說的，這裡是世界第一的書店街。

如果走累了，就到咖啡廳稍事休息。溫熱的咖啡頗適合這種微涼的季節，散步之餘喝杯咖啡作為結束，整個心頭也都會跟著發熱。

我就是那樣度過秋意漸濃的日子。

新的日課對於提振我的心情，肯定發揮了極大的作用。感覺長期堵在心中的那股鬱悶很明顯地逐漸化開了。

同時也似乎是一種呼應，我在這條街上認識的朋友增多了。在常去的咖啡廳「思波爾」裡，跟老闆和員工們都混得很熟，其中女服務生小朋已經成了我的好友。

小朋是國文系研究所一年級的學生，利用空閒時間來「思波爾」打工。她也是森崎書店的客人，經常來買書。年紀小我兩歲。別看她平常乖巧、穩重的樣子，內心充滿了對書的熱情。尤其因為她是國文系的學生，對於作家們的喜愛之情非同小可。我很喜歡她豐富多樣的個性。

認識久了，有時小朋就算沒事，咖啡廳下班後也會到書店來找我。我們兩人對坐在二樓的小房間裡喝茶聊天。

「哇！這裡真是夢一般的環境。」小朋第一次造訪這個房間，一

臉發亮地讚嘆說。

「是……是嗎？我覺得空間很小，連個瓦斯爐都沒有。」因為就方便性而言，實在沒什麼值得稱道的，我以一個生活在此的人說出誠實的意見。

「那也是優點之一呀！」小朋一副對我的抱怨無法理解的神情。「沒有任何多餘的東西，隨便伸手到處都能拿到書。這不是很棒嗎？」

「是……是嗎？」

「當然是。」

小朋將臉湊到我的面前，說話時的眼睛閃閃發亮。

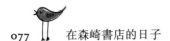

我環視整個房間，被她那麼興奮地一說，過去總覺得乏味無趣的房間，居然很奇妙地變成了美好的空間。

在小朋讓房間變得更理想的提議下，我們到十字路口的花店買來大波斯菊，插瓶擺在矮桌上，果然房間比以前明亮許多。從此我總是裝飾著當季的鮮花。

當我們變成好朋友時，有天趁著喝茶的機會，我開口問她，「小朋，妳為什麼那麼喜歡書呢？」

她一如平常用溫柔的語氣回答：「嗯……該怎麼說呢。我國中的時候，很害怕跟別人說自己的意見，所以變得沉默寡言。偏偏內心又充滿了烏漆抹黑、令人嫌惡的情感，我都覺得自己十分醜惡……那時候讀了姊姊帶給我的太宰治的《女學生》，從此就愛上讀書。現在的我可說是重度成癮了。」

「是哦，我想所有的愛書人肯定都會像那樣，在人生的某處與書本相遇，留下難忘的體驗吧！」我很感動地說出自己的想法。

「希望我們兩人今後都能遇到許多很棒的書。」

看著一臉微笑的小朋，我用力點頭說：「嗯，我也希望。」

當時還有一段跟她有關的小插曲。

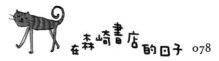

有天傍晚，我一個人看店時，在「思波爾」工作的高野突然來了。雖然我跟在廚房做事的他很少有說話的機會，不過他那又高又瘦的身影在店裡還是很引人注目的。

我立刻就發現到他，於是開口打招呼，「你好。」

高野也點頭致意說「妳好」，然後一副心神不寧的樣子在店裡東張西望。

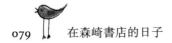

我心想真是個怪人，便又問他「想找什麼書嗎」，他卻支支吾吾地回答，「沒、沒有……」

他是怎麼回事？感覺臉很紅，簡直就像是在喜歡的女孩面前的小男生一樣。我頓時心頭一驚，該不會他對我有意思吧？這麼說來，當悟叔跟他說「找天跟我姪女約會吧」時，他也是非比尋常的害羞。也就是說……一想到這裡，害得我也突然跟著緊張了起來。

令人難堪的沉默在店內流連不去，彷彿空氣變得越來越濃濁似地，我幾乎快喘不過氣來。

直到我實在無法忍受空氣濃濁的密度，正準備開口說話的同時，他也大聲問說：「請問……」

我整個身體都變得僵硬，以為當下將聽到對方愛的告白，於是不停地轉腦筋思索該如何委婉地拒絕。

不料他接下來說出來的話，完全超乎了我的預測。

「相原她……常來這裡吧？」高野漲紅著臉詢問。

「你說的相原……指的是小朋嗎？」

「沒錯。」

「嗯，她常利用咖啡廳的午休時間來看我，那又怎麼樣呢？」

「她都和妳說了些什麼呢？」

瞬間我體內的熱情被澆熄了。不禁在心中吶喊：把我剛才的緊張還給我！

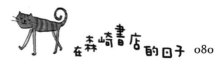

「啊哈，你喜歡小朋對吧？」為了報復，我故意不懷好意地問。

「不、不是那樣的啦……」

「沒關係、沒關係。的確小朋長得很可愛。不過有關她的事，不是跟她在同一家店工作的高野你會比較清楚嗎？」

「才不會呢。我在廚房，她負責外場，而且我又不會說話……」

「是哦，你的人就跟我第一次看到的印象一樣，還真是怕羞呀。」

「她有男朋友嗎？」

高野問話的口吻就像是在談論全世界最重要的事情一樣。

「這個嘛……我倒是沒問過她這件事。不過小朋人長得可愛，又那麼有人緣，我想就算她有男朋友一點也不稀奇呀！」

「那妳可不可以下次假裝若無其事地幫我問問看？」

「為什麼我要幫你？這種事你自己去問不就結了嗎？」

「因為貴子跟她是好朋友，可以很自然地問，不是嗎？而且我到目前為止還沒有主動跟女生說過話……」

「你現在不就是……」我錯愕地反問。難不成是說我不算女人嗎？可是高野似乎還沒有發覺自己的失言。

「我不會讓妳做白工的。如果答應幫我的話，今後來店裡喝咖啡全部都由我付錢。」

就為了他這一句話，我的臉都亮了起來，決定所有的前仇舊恨一筆勾銷。

「真的嗎？那我可要每天都去哦？」

「不行，每天都來就太過分了……」

「幹麼說得那麼小器！這可是只要一杯咖啡就能跟心儀的對象接近耶！」

「話是沒錯……」高野勉強接受地點點頭，「可是妳要答應我，這件事絕對不能跟她說。」

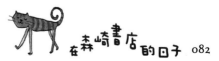

「我知道啦。」我用力拍胸脯跟他保證。

就這樣我和高野立下了祕密協定。據說高野已經暗戀小朋將近半年之久，可是在這期間除了打招呼外，幾乎沒有任何交談。他始終躲在背後覺得對方很美好。要說他悶還真是悶，但也可說是純情。

既然答應他了，我當然也希望能夠促成兩人的好事。對小朋來說，或許覺得我多管閒事，但高野雖然生性害羞，基本上還算是認真的好青年。我覺得給他一個機會總不至於遭到天譴吧。

於是我為了免費喝咖啡，不是啦，我是為了年輕的兩人而盡心盡力。首先我試著若無其事地從小朋口中問出許多資訊。我所得知的是，她現在還沒有男朋友，也沒有心儀的對象。喜歡的顏色是海藍色，喜歡的動物是睡鼠，喜歡的街道當然是神保町。漸漸地我成了通曉小朋的專家，不禁對被蒙在鼓裡的她感到有些愧疚。

我一得到新的資訊就前往「思波爾」，一邊喝著免費的咖啡一邊說給高野聽。「小朋喜歡的動物好像是睡鼠耶！」我隔著吧臺輕聲說完後，高野也會壓低聲音回答「是嗎，那很特別嘛」。就因為這樣，居然被喜歡說長道短的咖啡廳老闆誤會，告訴常客們「那兩個人有曖昧」的錯誤消息。

問題是我的努力似乎並沒有幫助到他們。因為男主角高野始終無意創造跟小朋說話的機會，所以毫無進展。他只是聽到小朋沒有男朋友，就已經高興得發出勝利的叫聲。照這樣下去，要到兩人能夠談天說地，恐怕還得花個十年才行！這樣是毫無意義的。

我一個人在旁邊乾著急，絞盡腦汁思考要如何幫他們製造說話的機會。這時突然飛來一個絕妙的好訊息。

那天下午我們一起在房間裡心情舒緩地喝著茶時，小朋提起了二手書祭的事。

「二手書祭？那是什麼？」我不解地反問。

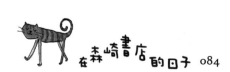

「什麼！貴子，妳居然不知道？每年秋天這一帶的二手書店會一起舉辦露天市集。整個神保町會到處都是人，很熱鬧的。」

「是哦，原來是這麼回事，聽起來好像很好玩。」

「森崎書店當然也會參展的。」

「什麼！真的嗎？」

「因為每家書店都會參與呀。」

這麼重要的事悟叔居然完全都沒告訴我，看我待會兒怎麼捉弄他！我在心中暗自發誓。

「我今年打算好好去逛一下，可以的話，要不要跟我一起去呢？」

這時我靈機一動，對呀，怎能不利用這麼好的機會呢！還得通知高野一聲才行。

我二話不說連忙答應，「嗯，我要去。」

神田二手書祭從十月下旬開始，舉辦期間為一個禮拜。展期中，整條街會像露天市集一樣出現許多擺滿二手書的花車和書架。

二手書祭的盛況驚人。不分男女老少，愛書人們都趕赴盛會。大概是因為一年只舉辦一次吧，所以熱鬧的程度超乎我的想像。靖國路和櫻花路因為人來人往而熱氣蒸騰，平常如同泛黃的舊照片風情的二手書店街，從上午開始便充滿了活力。那真是非常壯觀的風景。

咱們森崎書店當然也加入了二手書祭。我和悟叔兩人將花了好幾天整理出來的大量二手書，放進花車推到店門口。令人高興的是，有多於平常一倍以上的客人上門，其中還有人為了把握此一良機，足足買了一整箱的特價品呢。

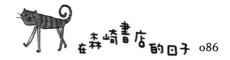

一如我的預測，喜歡參與這類活動的悟叔就像是如魚得水般地活躍。據說他從小時候起，幾乎每年都會來逛二手書祭。因此一到這個時期，身體就會反射性地跟著動了起來。

「因為接下來天氣一變冷，來店的人數就會大減，所以得趁這段期間先賺飽了才行！」難得發表生意經的悟叔，言猶在耳，人卻跑到附近其他店家串門子，每一次負責把他拉回來就成了我的任務。

第三天傍晚，取得悟叔的允許後提早結束工作，和小朋一起去逛二手書祭。同時高野也按照計畫地偶然出現。

我和高野就像三流演員般「哎呀，真是湊巧」、「就是說嘛，怎麼那麼剛好」，演了一齣拙劣的戲，但生性純真的小朋完全不疑有他，還開口說：「那就三個人一起逛吧。」

一開始高野在小朋面前，表現得很僵硬。我看不下去，在他耳邊叮嚀「你這樣子就跟機器人一樣」，沒想到高野居然回應「我幾乎都忘了該怎麼走路」，連講話聲音也跟機器人一樣。小朋聽了哈哈大笑。

不知道為什麼只是走在熱鬧歡騰的街上，心情自然就會興奮起來，而且他們兩人也同樣露出生動活潑的表情昂首闊步。當然就高野個人來說，主要應該是別的因素所致。每一次小朋跟他說話，他的臉上就浮現彷彿身處樂園的恍惚表情。因為那樣子實在太好笑了，我得很用力地忍住笑意。

我們在神保町十字路的特設賣場裡物色二手書時，巧遇三爺。三爺帶著太太，手上的紙袋多到幾乎都快拿不住。他太太的氣質很好，很適合穿著和服，感覺配三爺似乎有點可惜了。不過站在一起的兩人，散發出一種沒有十年甘苦與共就醞釀不出的懾人氣勢。

我看著三爺手上的紙袋說「又買了不少嘛」，站在旁邊的三爺太太聽了沒好氣地推了老公一下說：「就是嘛，這個人每次都是像這樣

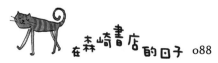

買一大堆回家，搞得家裡到處都是二手書。可以的話，哪天請來我家全部收購回去吧。」

三爺一聽，連忙拱起雙手拜託太太，「妳就好心饒了我，千萬不要呀！前一陣子不是才剛賣掉一些嗎？」

跟三爺夫婦分開後，我們還是笑個不停。

我們興高采烈地走在即便天色昏暗、遊人依然不斷的靖國路上，而且一路上還盡情地選購二手書。小朋說「我知道有家好玩的店」，便帶著我們去一間名為「金魚文庫」的小店，裡面賣著大正時代的小學課本。書中古老的用語如今讀來倍覺新鮮，一時衝動之下我花了兩千塊買了那本國語課本。

入夜之後，看到各家店門開始陸陸續續打烊，我們走進了三省堂書店裡的西餐廳用晚餐。這時候的高野心情已經放鬆許多，在小朋面前不再顯得像是身處樂園一樣。他其實對外國文學很熟，用餐中不斷口沫橫飛地暢談福克納（William Cuthbert Faulkner）、卡波提（Truman Garcia Capote）、厄普代克（John Updike）等作家的魅力，彷彿之前的不擅言詞是騙人的，聽得我和小朋佩服得五體投地。

總之那是很充實、令人心情雀躍的一天。高野事後對我十分感謝，不過最樂在其中的人是我，所以實在沒道理接受他的感謝。

最後一天晚上，書店打烊後，我一人在房間裡發呆。眼睛望向窗外，馬路上安靜無聲地好像過去一個禮拜的熱鬧景象是虛幻的。躺在被窩上，只覺得鬧鐘時針走動的聲音特別響。就這樣一動也不動地望著天花板時，一股莫名的傷感湧上心頭，就像初來乍到時孤寂的心情一樣。

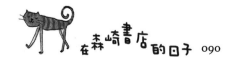

突然間聽見有人敲門，我嚇得肩膀抖了一下。心驚膽顫地看過去，只見紙門被拉開一條小縫隙，一顆眼珠正骨碌碌地盯著我看。

「媽呀！」

一如驚悚電影裡的女主角一樣，我當場驚聲尖叫。

「哎呀呀，嚇著妳啦？」

先是聽到有些高亢的說話音調，接著看見那顆熟悉的滿頭蓬髮，我才放心地輕撫了幾下胸口。

「你不要這樣子嚇人嘛，悟叔。」

「不好意思，都是我的錯啦。」

悟叔雙手提著一個大塑膠袋，邊走進房間邊問「我可以打擾一下嗎」。然後從塑膠袋裡取出酒精飲料、果汁等放在矮桌上，另外還有洋芋片、魷魚絲等零嘴。

「你不是去總部參加慶功宴嗎？」

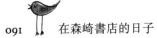

聽到我這麼一問，悟叔回答：「我只是去打聲招呼而已，因為今天我只想跟妳一起慶功。」說完臉上露出像惡作劇的少年般的笑容。

「仔細想想，我們叔姪倆好像沒有一起喝過酒吧？」

「是哦，這主意不錯，那就一起慶功吧！」剛才的傷感頓時煙消雲散，心情整個都明朗起來。

悟叔將塑膠袋裡的東西都拿出來後，房間裡儼然就是慶功宴的會場。我們一邊聽著從打開的窗外微微傳來的秋蟲唧唧，一邊小酌。在秋夜幽靜的氛圍中，感覺時間似乎也停止前進，流動得很慢很慢。

「看來貴子已經很習慣這裡的生活了吧？」

悟叔斜靠在書架上，很舒服地伸直雙腿說話。

「嗯，一開始還有些懷疑，漸漸地就懂得享受這人生的休假。」

聽到我這麼說，悟叔偷偷笑了。

「那很好呀。」

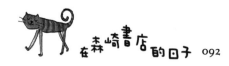

「可是總覺得不太甘心。」

「不甘心什麼？」

「誰叫悟叔一開始就說得那麼篤定，說我一定會很喜歡這裡。」

「我哪有那麼說，我只是覺得如果妳能喜歡上這裡就真的是太好了。只要貴子願意，這裡隨便妳愛待多久都沒問題。」

悟叔這番溫柔的話語，讓我心口揪緊了一下。

「為什麼悟叔對我這麼親切呢？雖然我是你的姪女，可是我們見面的次數並沒有很頻繁啊。」

「那是因為我很喜歡貴子。」悟叔若無其事地說出這種話，一點也沒有難為情的樣子。「當然對貴子來說，悟叔可能只是一個不太熟的年長親戚而已，但對我而言不一樣，妳是我的天使。」

「天使？」

我差點把正在喝的啤酒給噴出來。不管對方是異性還是同性，我還是頭一遭被人當面說那種話。

「沒錯，天使。而且妳還是我的恩人。」

「恩人？」我更加丈二金剛摸不著頭地反問。

在我的記憶中，自己從來沒對悟叔做過什麼事啊。

「是的，恩人。不過那也是我擅自認定的，對貴子而言是個無聊的故事，所以我就不說了。」

「不，我想聽。」我真心地提出要求。

悟叔表情認真地望著我，然後問了一句，「妳不會笑我吧？」

看到我用力點頭，他才開始回想前塵，娓娓訴說舊事。

「那是我十幾快二十歲的時候，因為找不到人生的價值而活得鬱鬱寡歡。跟學校呀、家裡等周遭的環境無法融入，整天只知道躲進自己的殼裡。自我意識過剩又充滿野心，卻偏偏什麼本事都沒有，不過只是個敗絮其中的毛頭小伙子。那就是我，以為自己在這個世界上永

遠找不到容身之處。」

我一點都不知道悟叔居然也曾經有過那樣苦惱的心情。然而，這跟我是天使又有什麼關聯呢？

「姊姊生下妳剛好就是在那段時期。為了讓老爸看看外孫女，姊姊帶著妳回娘家，這是我第一次看到妳。當看到包裹在毛巾被裡、睡得正香甜的妳，那一瞬間我竟然莫名其妙地幾乎快掉下淚來。應該怎麼說呢？感覺心中好像對生命的神祕充滿了感動。一想到這孩子會逐漸成長、吸收各種知識、不斷品嘗各種事物的初體驗，我就像為了自己的事情一樣喜不自勝！

突然間我那受挫折的心彷彿充滿了溫暖的亮光一樣，朦朧中感覺自己萌生了一股堅強的意志。於是我當下做出決定，決定從此不再頑固地躲在自己的牢籠裡。我要動起來，我要出去看看各種事物，然後從中學習。我要找到一個地方，讓我可以充滿自信地宣布：這就是我的容身之處！我之所以後來不斷地外出旅行和大量閱讀書本，都是受到了那個決定的影響。總歸一句話，和貴子的相遇似乎帶給了我某種啟示。」

「啟示……聽起來滿像一回事的嘛。」

「就某種意義而言，貴子是我的恩人。因此只要是為了貴子，我什麼都願意做。」

對於悟叔那種不像在說真心話的語氣，我實在不知道該如何應對。同時又對於過去動不動心裡就覺得不舒服、生悶氣的自己，感到很幼稚和羞愧。原來悟叔是那樣看待著我啊，另一方面我終於能夠明白為什麼小時候悟叔會那麼溫柔地對我。我真是傻瓜，一直以來我還以為他的溫柔是老天賦予我的、理所當然的權利。

得知有人深愛著自己的喜悅，讓我的胸口自然溫熱了起來。我拚命忍住即將奪眶而出的淚水，故意開玩笑說：「悟叔，這種話不可以

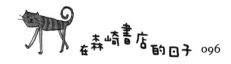

一邊吃魷魚絲一邊說的啦！」

悟叔聽了哈哈大笑。

「結果你找到了自己的容身之處嗎？」

「應該算有吧！不過再找到之前，花費了很長的歲月。」

「該不會……就是這裡吧？」

悟叔默默地點頭。

「沒錯，就是這裡。咱們這間又小又破舊的森崎書店。當年我胸懷大志走向全世界，最後找到的竟是這個從小就熟得不能再熟的地方，聽起來很可笑吧？這可是經過很長的一段時間，我才又回到了這裡。當時我終於明白，問題根本不在於地方，沒錯，就是你的心！不管人在哪裡、跟誰在一起，只要能誠實面對自己的心，那裡就是自己的容身之處。當我發現這個道理時，我人生的前半段已然結束。於是我決定回到這個我最喜愛的港口，放錨停泊。對我來說，這裡是神聖的，而且是我的心靈真正能得到休憩的地方。」

「這麼說來，我記得三爺曾經說過悟叔是這家店的救世主……」

「哈哈哈，救世主嗎？真是太誇張了。簡單說來，我不過只是在老爸病倒、這家店出現經營危機時繼承了書店而已。一開始老爸也很不願意讓我接手，誰叫我做事沒有定性，二手書業界也面臨不景氣。反而是我跪下來跟老爸拜託，要求讓我繼承這家店的。」

「原來如此……」

「我怎麼可以眼睜睜地看著這家店垮掉呢？這裡是我少年時代最常待的地方。我跟著老爸一起坐在櫃臺後面，靜靜地讀著《安徒生童話》之類的書，有時候老爸會用他溫暖的大手摸摸我的頭。那個時候的我真的很幸福。一旦這裡沒有了，我擔心那些回憶也會跟著消失，一想到這點我就坐立難安呀。」

悟叔的這番話讓我十分震驚。

到底我所知道的，我以為我所知道的悟叔是個什麼樣的人呢？原來像他這樣的人心中也跟一般人一樣，擁有許多的煩惱和痛苦。比起我來，他一直都在內心深處不停地吶喊。原來他的心靈世界也是如此的豐富。

悟叔在人前總是一副嘻皮笑臉的樣子，或許是為了努力掩飾自己的心情，不讓外人看見而偷偷流淚也說不定。但其實他的心中……

一想到這裡，我不禁感覺十分心酸。

「對於桃子來說，如果這裡也能成為那樣的地方就好了……她離開的時候，我為了重整店面而忙得不可開交，以至於始終無法察覺她心情的轉變。」

「悟叔……」

「嗯？」

「我喜歡這間店，真的很喜歡。」

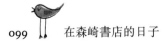

我想說些更好聽的話安慰他，但我口中只能說出這些。不過那也是我最真誠的心情。

「謝謝妳。這間店絕對不是讓很多人感到有其必要的場所，但只要有一個人那麼說，我就會有再開個幾十年的動力。就像『小船輕飄飄地隨波逐流』一樣，我希望和這間店一起存活下去。」

悟叔說完後，靜靜地露出微笑。

從那一夜以來，我開始更加認真地思考自己的人生。

這裡雖然是溫暖、讓人心情平靜的場所，但我總不能一輩子像這樣賴著不走。因為那意味著我永遠沒有成長，代表著我的心依然軟弱。我必須離開才行，必須開始自己的人生——我強烈地這麼認為。

可是才剛有這個念頭，我那軟弱的意志又冒了出來，害怕離開這裡，同時也萌生依賴的心情，想要再多停留一陣子。

就這樣無法跨出那一步，之後我又繼續住在森崎書店的二樓很長一段時間。我想自己是在等待某種轉機吧。

結果機會突然來了。

那通電話打來是在一月二日。

新春假期我沒有回家過年，依然窩在森崎書店裡。書店休息到年初五，悟叔和公會的同仁們一起去旅行、泡溫泉，所以只剩下我一個人。

歲末年初期間，神保町就像是座空城。由於這附近沒什麼住家，在這段幾乎所有餐廳、公司都休息的期間，真的是看不見任何人。靖國路上來往的車輛也不多。

除夕那天跟小朋一起去參拜過湯島天神，其餘時間我完全沒有活動計畫。於是大年初一和初二，一大早起來我就一個人在大街上昂首闊步。像個脫殼的夏蟬一樣在街頭遊蕩是件很舒服的事，就連空氣也覺得比往常要乾淨許多。任憑圍巾隨風飄逸，漫無目的地亂走亂逛，途中還會停下腳步深呼吸。

初二傍晚回到書店時，發現長期以來棄置在房間裡的手機正閃個不停。

儘管已經刪除登錄了，一看到顯示在畫面上的電話號碼，我立刻就知道是誰打來的。一整天愉快的心情彷彿夢幻泡影般，被突如其來的心痛所取代，我用顫抖的手指壓下收聽留言的按鈕。

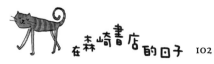

「嗨，貴子，好久不見了，妳還好嗎？我現在閒得發慌，待會兒要不要出來見個面呢？只要妳一來電，我立刻就……」

不等聽完我就按下刪除鍵，可惜已經太遲了，嫌惡的心情早以迅雷不及掩耳的速度在胸口蔓延開來，久久不能散去。

過完新春假期，書店又開始營業後，我的胸口依然鬱悶，一種難以用言語形容的冰冷重物逐漸填塞住我的心。

這才知道原來自己對那件事還沒有完全放下，我只是丟在一旁沒有處理，靜靜等待著時間幫我將記憶風化而已。然而都已經過了半年，卻只因稍微聽見他的聲音，我的胸口就這樣痛苦翻騰。我終於明白，只要自己心中還留有芥蒂，就表示問題一點都沒有得到解決。

「貴子，妳是不是有什麼心事？有的話就說出來吧。」

一月快結束的時候，正準備要打烊的悟叔突然開口問，讓我有些措手不及。

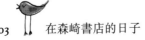

「你怎麼會知道？」

「這種事看就知道呀。悟叔的眼睛又不是糊了蛤蜊肉！」他故意耍性子說。

因為不想太依賴悟叔，還以為自己表現得很正常，沒想到悟叔全都看在眼裡。

「因為前一陣子很有活力的樣子，我還很安心。可是這幾天妳的樣子就不太對勁了。跟妳說話，妳總是心不在焉的。」

「是哦，會嗎……」

「沒錯，妳就是那樣。我或許能力不足無法幫得上忙，但說出來的話，心裡會好過些吧。」

我本來不打算跟任何人說的，但聽到悟叔的那句話便撐不下去。我其實是很想說給別人聽的，希望得到別人的安慰。我還是很依賴人。無可救藥的程度，連我自己都很驚訝。悟叔那句話讓我的牙關完全潰堤。

我們叔姪倆在房間裡喝酒，我一五一十地對著悟叔說出所有的故事。窗外開始下著冰冷的冬雨，雨滴劈哩啪啦地打在窗玻璃上。

「其實也沒什麼大不了的……」

這是我的開場白，沒想到說出口後，還真沒什麼大不了的，不過就只是失去情人、失去工作而已。邊說就邊覺得怎麼都是些連自己都要失笑的雞毛蒜皮小事。可是敞開胸懷一吐為快後，心情多少也得到了紓解。

悟叔以異常的速度猛灌威士忌，一語不發地聽著我訴說。聽我又是語塞又是口吃地花了一個小時說完故事後，他還是一語不發地凝視著自己手中的玻璃杯，像是陷入了沉思。

最後悟叔一口乾掉杯中的酒，毅然決然宣布，「好，現在就去找那傢伙，要他道歉！要讓他本人親口說出『我傷害了妳，對不起。我是個爛人』之類的話！」

這超乎預期的發展簡直讓我嚇壞了。

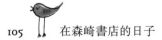

「嗄？現在嗎？已經是晚上十一點了耶！」

「有什麼關係！」

悟叔說完立刻站了起來，準備奪門而出。我連忙抓住他的手臂。

「算了啦，都怪我自己太笨。我只是想找個人聽我說話。悟叔，你喝醉了吧？」

「沒有，我沒喝醉。不對，我其實是有點醉了，不過沒有關係。貴子妳難道不會不甘心嗎？妳根本只是被對方利用了。」

「我當然不甘心，又氣又恨，到現在還是覺得很不甘心。」

「所以我們去找對方，必須消除心中的芥蒂才行，否則過去的幽靈會始終糾纏著妳不放。」

「可是像這樣小孩子的打架要大人出面，也只是會讓我更丟臉而已。」我語帶哽咽地說。

「有什麼好丟臉的！」悟叔大聲怒吼，很難想像那種音量是從他

瘦小的身體內發出來的。怒吼聲在房裡不停地迴響。「沒什麼好丟臉的。妳是我最寶貝的姪女。之前我不是說過嗎？我是真的很喜歡貴子，所以無法原諒那傢伙。這關係到我的自尊，悟叔不能原諒那傢伙！」

「你說話前後矛盾，搞了半天根本只是為了自尊，不是嗎？」

「是呀，所以我是為了讓心情好過才要去找對方的。就算貴子不一起來，我還是要去！所以妳把地址告訴我，我要去好好教訓那傢伙，不痛毆他個一百下不行。」

痛毆對方？事情發展的方向越來越不可理喻了。

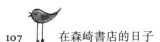

「慢點慢點，你要跑去打人，那可是會鬧上警察局的！而且他高中、大學都是橄欖球社的，憑悟叔身材這麼瘦小，別說要痛毆對方一百下了，只怕會被揍一萬下回來的。」

「那……那種事，我才不……不怕咧。」悟叔嘴裡這麼說，卻當場有些腿軟。

「好啦好啦，別逞強了，咱們繼續喝酒吧。」我拚命堆出笑臉試圖收拾場面。

「不要逃避，貴子。」悟叔正對著我，說話的語氣十分認真。「有我陪在妳身邊，所以不要逃避。」

悟叔用充滿力量的眼神直盯著我看，我們就這樣子對看了好幾秒鐘。

沒錯，我現在不可以再逃避了，那跟從前的自己沒有什麼兩樣。這種事大家都心知肚明。於是我用力咬了咬嘴唇。

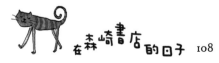

「我知道了，那就去吧！悟叔。」

悟叔也用力點頭。

搭計程車跑了約四十分鐘的車程，到達英明住的公寓前時，雨勢越來越激烈。沒有帶傘的我們立刻被淋成了落湯雞，趕緊衝向門口。

「是這裡沒錯吧？」悟叔站在門牌號碼二〇四的房門前。

「應該沒錯。」我回溯著古老的記憶點頭回答。

仔細回想，從我們交往那時候起，我到這裡頂多才兩次。約在家見面的時候，總是挑選我的住處。事到如今才發覺那有多麼的不合常理，我果然很遲鈍。

儘管雨滴不停從悟叔的髮梢上滴落，他還是毫不猶豫地按下門鈴。我因為寒冷和緊張，渾身不停地顫抖，甚至還想吐。剛剛還很豪氣地答應說「那就去吧」，一旦站在英明的房門前，豪情壯志頓時委靡不振。

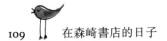

看著毫無反應的鐵門，我暗自心想，如果能當作沒發生這回事就此離去，不知道有多輕鬆？

問題是已經太遲了。門的背後傳來有人走來的聲響，接著聽到

「喀嚓」的開鎖聲後，打開了一根指幅寬度的門縫。

「誰呀？」我所熟悉的聲音輕聲詢問。

悟叔立刻抓住門扉，用力推開了門。

身穿運動服的英明一臉驚訝地張大嘴巴，一動也不動地站在玄關前。大概剛剛還在睡覺吧？因為臉頰上還留有枕頭壓過的痕跡，頭髮也翹得亂七八糟的。可是結實強壯的肩膀和那雙細長的丹鳳眼，仍是我以前認識的英明。唉，那還用說嗎，又不是相隔十年，突然間我的心又開始刺痛起來。

英明睜大眼睛交互看著我們之後，開口問悟叔，「你是誰？」

「我是貴子的叔叔。」

「嗄？」

「我是貴子的叔叔，我叫森崎悟。她母親是我姊姊。」

「那種事我當然知道……請問有何貴幹？」

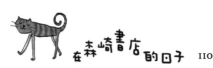

「當然無事不登三寶殿，難不成我看起來像是要推銷訂報的嗎？」

「不是，我的意思是說，請你說明來意好嗎？」英明的語氣有些不耐煩。

我都快嚇壞了，只能在一旁看著兩人你來我往。今晚的悟叔說話語氣明顯很衝。

「居然問我們為什麼來到這裡？不就是因為你對她做了很過分的事嗎！你該不會說整件事你毫無印象吧？」

「嗄？」

英明的音量拉高了一級，可是悟叔完全不見膽怯退縮。

「玩弄了人家的感情，還逼得她辭去工作……你難道一點感情都沒有嗎？傷害別人到這種地步，你難道一點也不會心痛嗎？」

「喂，拜託一下好嗎？我什麼時候傷害過她？那些都是她說的嗎？」

「沒錯。」

「你的腦筋有問題吧？我不管你是她的叔叔還是什麼，憑什麼她說的話就得照單全收？這一切肯定都是她在騙人的，眼前追到這裡來的不也是她嗎？」

「她說謊騙人是貪圖什麼好處？她可是為了你才辭去工作，直到現在內心還很痛苦啊。」

「那是她自己高興辭職的。」

聽到英明那麼說，悟叔深深嘆了一口氣。

「沒救了，貴子。這個男人根本爛到骨子裡了。」

「喂，這位大叔，請你講話注意用詞。」

英明整個人走到走道上，用力瞪著悟叔。瘦小的悟叔和高大的英明，兩人身高差了將近二十公分。雖然悟叔也毫不畏懼地反瞪回去，但整個氣勢就是不如人。

「怎麼了嗎？」

身穿睡衣從屋子裡面探出頭來詢問的人是英明的未婚妻，村野小姐。

真是最糟糕的場面！我站在那裡只覺得又羞愧又難堪，不知該如何是好。

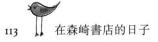

「貴子？」村野小姐一看到我人便皺起眉頭問：「這究竟是怎麼回事？瞧妳整個人都淋溼了……」

「她是突然跑來的。對吧，貴子，妳是不是腦筋有問題？大半夜地幹麼帶著這個大叔跑來這裡？」

「妳就說出來吧，貴子。」

「我……」我害怕地抬起頭來，所有人都在盯著我看。

天啊，事情怎麼會變成這樣？真希望能被他們的視線給射穿，讓我化成一道輕煙消失不見。大家都不發一語地等著聽我說話。我不停地絞盡腦汁想要找到合適的理由好平息眼前的混亂。

我剛好來到這附近，想拿回借給你的書，順便也對你們的婚事說聲恭喜。不對，不是這樣子的。我想說的應該不是這些才對。我為什麼來這裡？不就是為了讓心情好過的嗎？如果又再敷衍了事，不就什麼問題都無法獲得解決嗎？

快下定決心！我在心中大聲吆喝自己。

「我……」

所有人的視線都集中在我的嘴巴。我用力深深呼吸，悟叔用鼓勵的眼光看著我。淚水幾乎快奪眶而出，同時長期以來埋藏在心底的感情也跟著湧現。這時我連思考的餘裕都沒有，突然間所有的話語就像洪水般從我口中流洩而出。

「我是來要求你道歉的。這段感情對你來說，或許只是玩玩而已，但是我不一樣，我是真的喜歡你。好歹我也是個人，我也有感情。在你眼中或許我只是個很好利用的女人，可是我會思考、會呼吸，也會哭呀！你知道你的所作所為對我的傷害有多大嗎？我……我……」

之後就泣不成聲。雨水、淚水和鼻涕搞得我渾身溼答答的，然而經過這半年的時間，我終於可以把那天晚上在餐廳裡想說的話給說出口。

「說得好，貴子。」悟叔說完那句話後，用力抱住我的肩膀。「喂，你怎麼說呢？她已經誠實地說出自己的心情了，你應該做出回應才對呀！」

英明始終低著頭不發一語，過了一會兒才小聲地說：「真是無聊！我沒有時間陪你們這種閒人耗。我要睡了。如果你們不希望我報警的話，就趕緊回家去吧。」

他說完後靜靜地關上門。只聽到門內發出「喀嚓」一聲上鎖後，走道上便陷入完全的寂靜。

「喂，臭小子！」

悟叔像鬥牛般不斷用力搥打門扉，我在後面拚命抓住他說：「算了啦，悟叔。」

「可是貴子……」

「已經可以了，真的。我現在心裡覺得很舒暢，我這輩子都沒有像現在那麼的舒暢過，搞不好這也是我頭一次如此大聲跟別人說出自己的心情。」我說完後，用淚水、鼻涕縱橫的臉對著悟叔露出笑容。

「既然貴子都那麼說了……」悟叔仍有些不甘心地咕噥，「真的算了嗎？」

「嗯，我們回去吧？再這樣子下去的話，我們倆都會感冒的。」

「那……好吧。」

「嗯。」

我對著門扉，在心中做完最後一次道別，便轉身離去。

在回去的計程車上，我們幾乎沒有交談。悟叔大概是用光氣力了，整個人癱靠在後座椅背上。我坐他旁邊，也因為從緊張中解放而陷入沉思。

其實不完全都是英明的錯，關於這點我一開始就很清楚。會變成這樣的結果，我也要負一半的責任。因為我的粗心大意和沒有明確表態，才招來如此事端。

不過我無論如何都想說出自己的心聲，就算別人覺得我恣意妄為也無所謂。我只想說出自己心裡的感受。過去因為自己軟弱，凡事不敢說出口，而一直活在痛苦之中。或許對於絲毫沒有罪惡感的英明而言，這件事就像是飛來橫禍也說不定，但無論如何我就是要對他一吐為快，否則我的人生無法繼續前進，只會在原地踏步。要不是悟叔幫我製造機會，我恐怕永遠都會懷抱著這個憾恨吧！

為了跟悟叔表達我的謝意，一路上在腦海中思索著合適的話語，卻還是毫無靈感。唯一浮現在我腦海中的就只有那句話，於是我很坦誠地說出口。

「謝謝你……」

悟叔只微微一笑，將我的肩膀拉過去。

我感受著悟叔溫暖的體溫，一股安心感油然而生。原來我有人守護著，原來有人會像這樣為我擔心、幫我出氣。明明前不久我還以為在這廣大的世界裡，自己是孤子一身的，結果近在眼前有人守護著我、關愛著我。我感到無比的快樂。

我們搭乘的計程車，行駛在霓虹燈影模糊的大雨街頭。

決定離開書店是在那不久之後。

雖然形式有些奇妙，但那件事為我帶來了轉機。凝結在心中的所有疙瘩都消失殆盡，整個人變得很輕鬆，也開始有了走出這裡的勇氣。

我已找好新的住處，預定三月搬進去住。可惜離書店有些距離，但那也是沒辦法的事。畢竟今後要怎麼辦，我幾乎毫無頭緒。倒是因為過去工作上的關係，一家小型設計公司答應聘我為臨時雇員。

當我表明即將離開的決定時，悟叔顯得十分震驚，有些語無倫次地說：「那也不必急著下決定……」

可是我的心意已決。

「我已經度過一段很長的人生休假，再不出發旅行尋找自己的容身之處，只怕人生將盡時會一無所得。」

悟叔聽了，便不再多說什麼。

在搬去新住處前的一個月，我盡情地享受在森崎書店的日子。認真工作之餘，利用空閒時間讀了很多書。還抱著感謝的心情，把店面和二樓的房間徹底大掃除。就連第一天抵達時，隨意堆放在空房間裡的藏書，我也滿懷愛意地重新加以排列整齊。

我也跟書店常客和「思波爾」的朋友們告知即將離去的消息。大家都顯得很惋惜的樣子，想到自己居然這麼受到愛護，不禁有些喜極而泣。三爺甚至說「妳來當我的兒媳婦吧」，真心地想要幫我和他兒子牽線。

高野和小朋也特別幫我開了一個小小的送別會。我們坐在書店二樓的房間裡圍爐，鬧到很晚才結束。小朋因為失去讀書同好，打從心

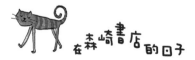

底感覺寂寞，於是跟我說：「明年的二手書祭，我們再一起去逛吧。」

那天我還偷偷問了高野兩人之後的進展，他說前不久曾邀約小朋一起去澀谷看電影。雖然還不到情侶的地步，但對害羞的高野而言，已經算是很大的進步了。我不禁高興地用力拍了他一下肩膀說：「太好了，不是嗎？」

另外，還很意外地接到英明未婚妻村野小姐的聯絡，我們約在咖啡廳見面。

我唯一擔心的是那天晚上恐怕造成村野小姐極大的困擾，所以打算當面跟她賠罪而前往見面的地點，不料到了之後，反而是她跟我深深低頭道歉。

以前就覺得英明言行有異的她，看到我那天不尋常的樣子後立刻就心知肚明，不斷逼問英明，終於讓他開口吐實。只是到那天晚上為止，村野小姐做夢也沒想到英明外遇的對象會是我！

村野小姐一再地道歉，儘管我說「其實我也有錯」，她還是不斷地搖頭，甚至還說他們的婚約已經解除。我聽了連忙說對不起，她卻斬釘截鐵地表示「這件事不是貴子的錯」。

我感到很內疚，日後跟悟叔報告此事時，悟叔說：「那女孩做得很對。比起結婚後發現那個男人有了無可救藥的毛病，應該慶幸此時發現得早，不是嗎？」

這是視英明為眼中釘的悟叔的個人意見，我覺得很有道理，這才放下心中的大石。

在書店度過的最後一夜，我和悟叔坐在二樓的陽臺，一邊眺望冬天的夜空一邊啜飲咖啡。

悟叔為了表示紀念，送給我大量的二手書。據說全部都是他年輕時讀過、深受感動的書本。我瞄了一下沉重的紙袋裡面，裝滿了許多

福永武彥、尾崎一雄等頗為冷門艱澀的作家作品。

我們以十分輕鬆的心情度過這最後一夜。當時悟叔說的那些話，我想我這一生都將不會忘懷。

悟叔以「有件事妳必須答應我」為開場白，說出了以下的話——

「我希望妳不要害怕愛人。在妳愛上某人之前，要盡量喜歡不同的人。就算這當中會產生悲傷，也千萬不要因此決定終其一生都不再愛人。我很擔心貴子會因為這次的事而放棄愛人。愛是一件很美好的事！我希望妳不要忘記這一點。愛過人的記憶絕對不會從心中消失，甚至永遠都會帶給人心溫暖。等妳活到像我這樣的歲數，自然就會明白的。」悟叔說完，又問了我一次，「怎麼樣，妳能答應我嗎？」

「我知道了，我答應你。」我點頭說：「感覺上我在這裡已經學會了這個道理，所以你不必擔心。」

「是嗎？這樣的話，不管妳去哪裡都不會有問題的。」

「嗯，謝謝你，悟叔。」

出發的早上，我站在朝陽中，很真誠地眺望著森崎書店。一棟小小的木造古老建築。感覺很難置信自己曾經在此生活過一段時間。

我吐著霧白的氣，動也不動地佇立在店門口。柔和的陽光灑落在整條街上，沒有任何店開著，周遭一片寂靜，到處充滿了沉穩的氛圍。

我調整好姿勢，對著書店深深一鞠躬，並在心中立誓：我絕對不會忘記在森崎書店的生活中所學到的一切。

同時也由衷對特意一大早趕來為我送行的悟叔表示感謝。如今悟叔對我而言，存在的意義很大，這是我初來乍到時所無法想像的結果，感覺有些好笑。

離別之際，悟叔已不見昨晚那種大器瀟灑的態度，像個不怕人笑

的小孩一樣淚眼汪汪。

「我還是捨不得。貴子妳不要走嘛！」說完緊抓住我的手，就是不肯鬆開。

「我隨時都會回來看你的呀。」儘管心中覺得好像立場反了過來，但我還是開口安慰悟叔，「你一定要好好保重身體，而且要永遠守住這間書店。」

我害怕再多停留一秒鐘，自己的決心將會潰堤，只好毅然決然地跟試圖挽留我的悟叔道別，走向馬路。

在走完櫻花路之前我一逕地往前行，不敢回頭。在路上，過去的回憶不斷浮上心頭，淚水也自然泉湧。我好不容易忍住悲傷，走到路的盡頭。

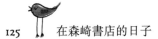

突然間有股預感，讓我悄悄地停下腳步回頭一望。

只見身影變小的悟叔站在馬路中間，對著我用力揮手。看到他那個樣子，我已經無法繼續忍耐，淚水撲簌簌地流下來。

我淚眼矇矓地也舉起手揮舞。悟叔看到了，更加用力揮手。朝陽在悟叔的背後發出燦爛的光芒。

我放聲大喊「你要保重呀」，然後轉身就走，繼續踏上人來人來的靖國路。

路上行人看到我淚流不止地昂首闊步，肯定會覺得我是個奇怪的女人吧！不過我才不在乎呢。因為我現在是為了自己想哭而哭的，而且這淚水也是到目前為止感覺最幸福的淚水。

彌漫在馬路上的早晨空氣，夾雜著些許春天的預感。我勇往直前地走在其中。

桃子嬸嬸的歸來

「貴子，好久不見了！怎麼我好像有種浦島太郎的感覺呀。」

站在書店前等候的桃子嬸嬸一看到我就這麼說，然後哈哈大笑。響亮的笑聲貫穿了整條二手書店小巷。由於她一副若無其事、滿不在乎的態度，反倒讓我有些莫名其妙地感覺很不自在。

是的，她真的回來了。看到眼前的桃子嬸嬸，我才開始進入狀況。不對，應該說之前早已聽聞，所以頭腦裡有所理解，可是直到親眼目睹為止，心中還是半信半疑。就好像聽見朋友說看到鬼時一樣的感覺。

然而桃子嬸嬸真的就出現在我的眼前，而且很開心的樣子。這是怎麼回事，居然能表現得如此開朗？這是五年來行蹤不明、突然間又跑回來的人該有的態度嗎？另一方面，站在她旁邊的悟叔則像是吃到腐敗食物的狗一樣，滿臉苦澀地愣在那裡。這下豈不是兩人的立場對調了嗎？

「幹麼一副好像見到鬼的樣子，真是太過分了！」

桃子嬸嬸對著一句話都說不出來的我露出不滿的神色。

我差點都要回說「如果真的是見到鬼，我還不會如此驚訝呢」，好不容易把話吞進肚子裡改口回應，「桃子嬸嬸，妳看起來氣色不錯嘛」。我上一次見到她人，已經是十年前的事了。

桃子嬸嬸年輕時很漂亮，雖然稱不上是令人驚豔的大美女，但還是有引人注目的魅力，應該說就像是在海邊看到價格不高卻閃閃發光的石頭一樣吧。親戚聚會時，她姿勢端正地跪坐在最不起眼的角落，令我印象深刻（桃子嬸嬸的身材很嬌小）。看在小孩子的我的眼裡，甚至有種神祕的氣息。

上了年紀的桃子嬸嬸依然很漂亮。身穿淡褐色的毛衣，搭配藍色牛仔褲，顯得很簡單素淨，臉上幾乎未施脂粉。但因為豐富多變的表情、挺直的背脊和生動活潑的說話方式，讓她看起來年輕許多。而且與其說她上了年紀，倒不如說她猶如脫胎換骨般、去掉了一些多餘的東西似乎更恰當些。

總之充滿活力的她一點也看不出是離家出走多年又突然回來的人，反倒是悟叔不但有些駝背，身上的衣服破破爛爛，頭髮也亂蓬蓬的，活脫像個糟老頭。

「貴子都已經長這麼大了，完全像是個大小姐一樣。」桃子嬸嬸瞇起眼睛仔細地端詳我，「上次公公葬禮時，妳還只是個高中生呀，感覺好像昨天才剛發生過似地。」

那是在一個天氣晴朗的秋日傍晚時分，我和桃子嬸嬸、悟叔三人就這樣子在森崎書店前湊在一起。

那傢伙回來了！

悟叔在兩天前興奮地打電話給我，距離我離開森崎書店已經過了一年半的時間。

結束在書店的長期休假後，我開始在一間小型設計公司上班。三個月前才從臨時雇員晉升為正式員工。因為生活忙碌，已經有兩個月沒去書店看悟叔了，所以接到悟叔來電時，單純以為他是催我過去玩的。然而一聽到悟叔興奮的說話聲音，我就知道事情非同小可。

悟叔在電話裡說明情況，巨細靡遺的描述方式聽得我頗為焦急。長達兩個小時的電話內容簡單摘要如下——

那一天跟平常日子沒兩樣，悟叔從早到晚在神保町開店做生意。由於中午賣出了森鷗外和織田作之助的稀有書，那天的收入算是不錯，因此悟叔一直到晚上心情都很好，最後還一邊吹著口哨一邊準備打烊。這時有人悄悄地推開書店大門走了進來。

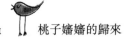

悟叔心想，咦，都這麼晚了，居然還有客人上門。但他依舊背對著門繼續進行打烊的作業。那個客人始終沒有走進店裡面，而是屏著氣站在門前不動。真是奇怪的客人！悟叔納悶地正要回頭時，客人突然低喃了一句話。一聽到那聲音，悟叔形容那衝擊就像是「頭部遭到鈍器重重一擊般」。

起初以為是自己聽錯了，但另一方面又很清楚自己不可能聽錯。聽錯那聲音的可能性，就跟一下子有一百個客人擠進森崎書店一樣微乎其微。

對著身體幾乎僵硬的悟叔背後，對方又用比較明確的聲音說話。

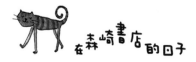

「阿悟……」

深呼吸一口氣後，悟叔才轉身看著說話的人。

店內熟悉的景色瞬間往後倒退，悟叔眼中只剩下站在中間的身影。那是五年前離家出走，直到一分鐘前還行蹤不明的妻子身影。悟叔的目光無法從她的身上移開，彷彿自己正在做夢。因為同樣的夢境，他已做過不下幾百回。可是以夢境來說，這一次對方的存在未免也太具有真實感。樣子跟離家出走前差不多的桃子確實就站在那裡。

經過很長的沉默之後，桃子臉上浮現微笑說：「我回來了。」

那語氣宛如只是出門散個步回來一樣，就連行李也只有她一隻手上提著的小包包而已。

悟叔的眼睛一直凝視著她，好不容易才開口回應，「歡迎妳回來。」

桃子沒有多說什麼，靜靜地爬上二樓的房間。從此她就住在書店的二樓。

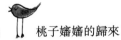

「慢點慢點慢點……」

到此為止就連始終耐著性子聽電話的我也超過了忍耐的限度。

「這算什麼嘛！說什麼『我回來了』、『歡迎妳回來』，還有什麼

『從此就住下來』！你好像是在說怪談故事吧？」

悟叔卻態度很認真地回答：「我說的都是真的，貴子。」

「如果是真的，那你們兩人都是怪咖！嬸嬸為什麼會那麼唐突地回家呢？悟叔又為什麼一點也不生氣地接納了她呢？」

「這一點我也覺得很不可思議。」悟叔用憨傻的聲音充滿感慨地說：「反正自然而然就變成了那樣。」

我驚訝地一句話也說不出來。的確，悟叔的行為有些異於常人，但這一次他們夫妻倆可說是半斤八兩。

「該不會那之後你也什麼都沒問過嬸嬸吧？」

聽到我語重心長地詢問，悟叔一副沒什麼大不了的口吻回答：

「嗯，總覺得不好開口問。」

「真是受不了你耶！那你就把人帶回國立的家，好好地問個仔細不就結了？」

「她說那裡住不慣不喜歡，還是書店的二樓比較好。貴子，我真的是一點都不懂女人心。為什麼那傢伙會回來呢？」

悟叔在電話那頭發出困惑的心聲，可是我卻冷冷地反嗆回去，

「這種事我哪會知道！既然她是你老婆，當然是悟叔比較清楚才對吧？」

「我也以為自己比誰都清楚呀。可是現在卻很錯亂，簡直就像是瞎子摸象一樣。因為妳是女生，有些事還是同性之間比較了解吧？」

「的確我們的性別一樣，但我想就生物的種類而言，那就大不相同了。」

聽我這麼說，悟叔短暫地沉默了一下後，冷不防又低聲問：「我說……貴子呀……會不會……那傢伙哪一天又離家出走呢？」

悟叔充滿真誠的聲音，不禁讓我有些痛心。我想起了那一次我們叔姪倆走在夜路、提起桃子嬸嬸時，他那寂寞的背影。沒錯，不管嘴

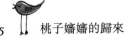

裡怎麼說，其實直到現在悟叔還深愛著桃子嬸嬸，也因為那樣才會如此痛苦。可以的話，我不想再看到那樣的背影。

「悟叔不希望嬸嬸離開嗎？」

「我不知道。以前覺得不管她人在哪裡，只要過得幸福就好；如今她回來了，我的心情卻變得不一樣。我不是慶幸桃子過得不幸福……唉！我真是個傲慢的傢伙。」

不行不行，這樣下去沒完沒了，我只好狠下心打斷反問：「所以呢？你要拜託我什麼嗎？」

「嗄？妳怎麼知道我有事要拜託妳？」

「當然知道，也不想想我和悟叔在一起的時間有多久了。」

「貴子，這世界上再也沒有像妳這麼棒的姪女了！悟叔會感激妳的。」

大致的情形就是這樣子，悟叔要拜託我的事就是去探詢桃子嬸嬸

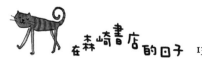

的心意。為什麼事到如今還回來？今後有什麼打算？五年前桃子嬸嬸離家時只留下寫著「我一個人沒問題，請不要來找我」的紙條，幾乎沒有帶任何行李走。因為當時悟叔完全感受不到任何的預兆和原因，所以他也不知道下一次會發生什麼情形。

各種念頭錯綜複雜地在腦海中翻騰，最後十分苦惱的悟叔只能遵照著留言的交代沒有去找人，也沒有報警申請搜索。

「一方面因為我們夫妻沒有生小孩，而且那傢伙也很喜歡貴子，所以我想妳去問的話，她應該會對妳說。」悟叔最後又補上理由，然後說聲「那就拜託妳了」，便掛上電話。

桃子嬸嬸喜歡我？即便我們之間根本沒說過幾次話嗎？我總覺得有些莫名其妙。夫妻之間的事要我一個第三者出面介入，基本上就很抗拒。只是聽到悟叔悲傷的聲音，我又如何能夠拒絕呢？不管怎麼說，悟叔對我而言，是我一生中很重要的恩人啊！

「總之先進去吧，我們之間可有很多話要說呀！」

原本站在門口的我們，在桃子嬸嬸的催促下走進了店裡。我已經有兩個月沒踏進這裡了。

店裡依然書滿為患。每走一步，地板就發出傾軋的聲響。夕陽柔和的光線從窗外照進來，光影中有塵埃慢慢飛舞。我用力深呼吸，讓胸腔充滿這店裡久違的空氣。

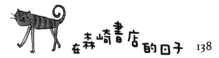

還記得第一次造訪時皺著眉頭抱怨「好臭」，惹得悟叔露出哭笑不得的情景，如今卻深深愛上這充塞在舊書間的霉臭味，真是不可思議。

我們三人坐在櫃臺前吃著鯛魚燒，那是我在來的路上買的伴手禮。享用的時候，有兩度客人上門。看到我們像老鼠開會一樣圍坐在一起，客人們先是有些驚訝，卻還是買了書才走。桃子嬸嬸代替悟叔親切地招呼客人，不愧是長年身為二手書店的老闆娘，一副很熟悉的樣子。

進來書店之後，幾乎也都是桃子嬸嬸一個人在講話。她說話的方式就像是失控的飛機一樣，根本沒有脈絡可循。

是哦，原來貴子也住過這裡呀，就跟我現在一樣。冷氣一點都不涼，所以夏天應該很熱吧？唉呀，這個鯛魚燒連尾巴都塞滿了紅豆餡，好好吃喔。哪裡買的？這附近比起從前變了很多，多了許多漂亮的店。啊，我說漂亮的店真是太落伍了，現在都說是時髦啦。

就像這樣話題不停轉變，而且不知道為什麼，說話的同時桃子嬸嬸還會動不動就捏一下悟叔的臉頰。由於捏太多次了，悟叔的臉頰都被捏紅了。

「為什麼嬸嬸從剛才起就一直在捏悟叔的臉頰呢？」因為那樣子實在太奇妙了，我不禁吃驚地插嘴問。

「什麼？我捏他了嗎？」桃子嬸嬸睜大眼睛反問。

「妳捏了呀。」

「噢，那是我從以前就有的習慣，喜歡捏別人的臉頰。只要親近的人，自然就動手捏一下。應該算是一種表現情意的方法吧。不過說起阿悟被捏時的表情，妳不覺得很可愛嗎？」說完又用雙手用力捏著悟叔的雙頰，像處罰小朋友一樣上下左右地搖晃。悟叔只是露出很悲哀的神情，談不上是可愛。

「快放手啦……」

雙頰被捏住不放的悟叔發出痛苦的聲音，不過大概早就習慣了吧，感覺有一半的語氣混雜了已經放棄掙扎的味道。桃子嬸嬸看到悟叔的反應更是哈哈大笑，這才放開了他。搞不好桃子嬸嬸有虐待狂的

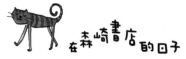

傾向。

「在貴子面前這樣很丟臉。」

「咦，有什麼關係呢？又不是外人，貴子是我們的姪女呀。」

「這樣會喪失身為長輩的尊嚴啊。」

聽到悟叔這麼說，嬸嬸立刻嚴厲地反擊，「你這個人從來就沒有過什麼尊嚴。」

如果感情夠好，是不是我的臉頰也要遭殃呢？看著兩人的你來我往，我不禁有些害怕。

這時桃子嬸嬸的話題又跳開了。她突然抓住我的雙手，眼睛一直盯著我的臉看。

「不過能見到貴子我好高興。有時候我會想起妳，想起我那可愛的姪女現在在做什麼？因為高中時期的貴子很文靜乖巧，感覺就像是楚楚可憐的少女一樣。而且還留著兩條辮子，好可愛……」

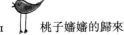

「妳是那樣想的嗎？我根本就不是那個樣子的啊。」

我聽了啞口無言。當時的我正處於青春期，心情總是焦躁不安得幾乎快喘不過氣來，可是既無法表現出來，也無法排遣，因此成天顯得悶悶不樂。嬸嬸之所以會那樣子認為，大概是因為我在親戚聚會時會表現得很安靜，但那也是為了避免在那種場合受到眾人矚目而裝出來的樣子。

看著眼睛發亮、直盯著我看的桃子嬸嬸，我茫然地想，看來人的印象一點都不可靠。就好像我對悟叔也曾經有過許多的誤解。總之人與人之間若沒有真心相對，不管是有血緣關係也好，還是同班、同一職場相處多年也好，實際上也等於是一無所知呀。我甚至認為就連跟英明的交往，我也應該要負大部分的責任。

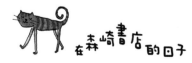

「說到這裡，我也覺得嬸嬸跟我以前的印象有很大的不同。」

我故意以有點諷刺的語氣做出反擊，但是桃子嬸嬸只發出爽朗的笑聲，一點也不在意。

「那是當然，因為我在親戚聚會時也得裝模作樣才行。誰叫他家的親戚有那麼多嚴肅的人。公公就是其一，我甚至懷疑他是不是戴著能劇面具，表情從來都沒變過。因為我們是突然結婚的，在親戚聚會的場合上總覺得很尷尬。好像每次只要我們一出現，當場氣氛就會變得很緊繃，所以我都盡可能躲在不顯眼的角落。」

「是哦，原來如此。為什麼在那種情況下你們還是結婚了呢？」

「因為同居在當時還不能被社會所接受。我們在巴黎相遇、談戀愛，於是回到日本後立刻就入了戶籍，可說是閃電結婚。」

「巴……巴黎？」我發出驚訝的叫聲，「為什麼是在巴黎呢？」

「唉呀，妳不知道嗎？當時我因為某種原因逗留在巴黎，他是個窮兮兮的背包客，我們在跳蚤市場的二手書攤相遇。妳不覺得既然家裡是開二手書店的，犯不著到國外旅行還得跑去逛二手書攤吧？而且他當時還滿臉鬍子，穿得破破爛爛的，簡直跟乞丐沒兩樣。」

「那樣子才不會被扒手或強盜給盯上。」悟叔在一旁反駁。可是桃子嬸嬸完全不予理會。

「不過交談之後，覺得他這人很有趣，尤其放心不下他那種沉悶的個性，於是就想說先交往看看吧。」

「是哦。」

不知不覺間我也被桃子嬸嬸的話鋒牽著走。原來是在悟叔抱著煩惱遊走世界的時期，兩人相遇了，而且還是在巴黎那麼浪漫的地方。然而我不解的是，桃子嬸嬸當時為什麼會在巴黎？關於這一點我也問了她，她卻只是笑著敷衍說，「因為還年輕嘛」。我心想，果然是個謎樣的女人！

「總之我們那樣子相遇，回到日本後結婚，受到眾人的白眼相向。後來公公病倒，他決定繼承這間店後，為了讓大家刮目相看，我

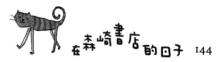

們可是拚了命地努力工作。」

「我可從來都沒有要讓別人刮目相看的念頭。」悟叔又插嘴說。

「別騙人了！你和公公之間存有許多芥蒂，這種小事我老早就注意到了。」

悟叔彷彿啞口無言般悶不吭聲。雖然是自己的妻子，卻是拿她一點辦法也沒有。我頭一次看到那樣的悟叔，好幾次都差點笑出來。

話又說回來，從旁看著他們，只覺得兩人真的是感情和睦的老夫老妻。這麼說也許有些奇怪，我甚至十分羨慕兩人的關係。那種與其說是「夫婦」，更適合用「同志」、「老朋友」來形容，他們的確擁有讓身為外人的我也能跟著融入的魅力。

「我要忙店裡的事了。」

過了一會兒，悟叔拿這個當藉口跳出我們的圈子，桃子嬸嬸便一把抓住我的手上二樓的房間去。而且就像要跟我說悄悄話一樣，整個

人都湊到我面前。

「所以說呢，貴子，從今天起我們也要好好相處。」接著又拉起我的雙手，眼睛凝視著我說：「好像小孩子一樣，手這麼小。」

「哦……」

「妳不可以那麼過分只跟阿悟好，嬸嬸也想要跟貴子好，可以嗎？」

「哦……」

我一邊點頭一邊在心中咕噥，這下可不好對付呀。

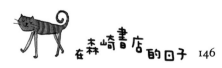

由於天色已晚了，儘管桃子嬸嬸要我留下，我還是堅持回去。

漫步在小巷道裡，往車站的方向邁進。夜氣籠罩在身上感覺有些涼意，街燈將我的身影拉得長長的。走到「思波爾」門口時，腳步自然停住。在孤寂的夜路上，光是看到咖啡廳亮晃晃的橘色燈光，就會像巴甫洛夫的狗[1]一樣反射性地想喝咖啡。看了一下手錶，時間才八點剛過。我就像被吸了進去一樣推門而入。

店內跟往常一樣，入夜之後依然熱鬧。安靜優雅的鋼琴聲中夾雜著客人們的談笑聲，就算站在門口也能聽得見。

這時我看見吧臺前的座位有我熟悉的身影。從那矮胖的身型和光亮的禿頭看來，肯定是三爺沒錯。他和老闆聊得正起勁，一注意到我的存在，立刻揮著手要我坐在他旁邊。

「唉呀，貴子，好久不見了。」

---

1 巴甫洛夫（一八四九—一九三六年），俄羅斯生理學家。曾用狗進行條件反射的實驗。

我一坐進三爺身邊的位置，老闆就對我報以跟過去一樣親切的笑臉。

本來也打算用微笑回應，不料三爺竟搶先說：「貴子，妳好歹也要笑一下嘛，這樣會嫁不出去的！」

冷不防就給我潑冷水，我馬上反嗆回去「要你多管閒事」，只見三爺反而不懷好意地笑了起來。

「妳來得正好。剛剛我們還在聊呢，聽說桃子回來了？阿悟也真是見外，居然什麼都沒跟我說。」說話的語氣明顯充滿了好奇。

「我說三爺，你還是不要在那邊東問西問的。」老闆開口制止。

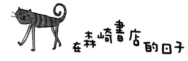

「為什麼？又有什麼關係？何況告訴我桃子回來的人不就是老闆你嗎？」三爺故意使性子說話。看一個糟老頭使性子，真是一點都不可愛。我想見到的人是在這裡打工的小朋，她才稱得上是可愛。可惜她研究所畢業後已經有新的工作，所以已經離開咖啡廳了。不過和高野之間還是繼續維持「朋友」關係。

老闆一邊聽著三爺對他的叨唸，一邊將咖啡送到我面前。

「昨天晚上兩人突然出現在我店裡，我才知道的。」語氣有些抱歉，但眼神一樣也是充滿好奇。

「你們很早就認識嬸嬸了嗎？」

「那當然，也不想想我在這一帶打混多少年了。」三爺態度傲慢地回應。

「什麼！原來森崎先生已經結婚了啊。真是無法跟他的形象想成一塊。」

不知何時走出廚房的高野也一手握著盤子一手抓著抹布，很感興趣地加入談話。

「說得也是，你應該不知道才對，他看起來像個單身光棍。不過年輕的時候，夫妻倆倒是經常在我們面前表現恩愛的模樣，對吧，老闆？」

「以前的確有過那種事。話又說回來，桃子還是跟以前一樣漂亮，看起來很有精神，而且還跟我說『好久沒喝老闆的咖啡，今天能喝到真是幸福』！」

「哈！那是老闆你耳根子軟，被人誇兩句就要飛上天了。要我說的話，幾年來行蹤不明的人突然回來，就算是開玩笑也該有個限度。阿悟應該當場把她趕出去才對。要是我老婆敢那麼做，看我不打死她才怪。」

三爺一個人越說越興奮，整張臉漲得跟章魚一樣紅。

「唉呀呀，你可以說這種大話嗎，三爺？聽說你每次藏書被拿去賣時，不都是哭著拜託太太不要這樣做嗎？」

我和高野聽到老闆這麼說，兩人都忍不住噗哧笑了出來。

「老闆你給我閉嘴！你們笑什麼？還不趕快去工作，去工作呀！」

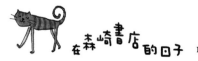

「不好意思、不好意思。」

高野被三爺用溼毛巾一丟，連忙逃進了廚房。聽到老闆制止說「不要惱羞成怒，反過來欺負我的員工」，三爺整個人都愣住了。

「你自己平常不都在欺負他嗎。」

「那叫做愛，愛呀！」老闆一臉正經地說：「至於你對你太太的感覺叫做『害怕』。」

「老闆從以前就讓人覺得很討厭。算了，反正我已經動怒了，我是真的氣不過。事到如今，乾脆由我代替阿悟去好好教訓桃子一番。因為那個糊塗蟲肯定也不敢說重話。」

「千萬不要呀，你怎麼可以介入別人的家務事。」

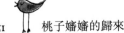

儘管開口制止的老闆嘴裡那麼說，但一開始煽風點火的很明顯也是他。感覺好像全世界所有的怪人都集中在這一帶了。一想到這點我不禁露出苦笑，不料三爺立刻又把箭頭指向我說：「貴子，不要一個人在那裡傻笑，感覺很不舒服。」

在那之後沒多久，「思波爾」裡又發生了一件事。

九點一過，由於大鬧一場的三爺已經回家（肯定太晚回去會被老婆罵吧），我決定換到桌子的位置去坐。

夜也深了，店裡只剩下零星的客人。我換好位置，點了新的咖啡後，立刻從包包裡拿出讀到一半的文庫本小說來看。這時我心中突然冒出「咦」的問號，因為我發覺坐在靠窗位置的人很眼熟。

那是一個不到三十歲的高瘦男子。身穿藍色襯衫和灰長褲，一頭短髮修剪得很整齊。穿著不是很講究，但整體給人整潔的好印象。桌上蓋著一本讀到一半的文庫本小說。大概是在等人吧，他茫然地望著窗外。

會是誰呢？我看著對方拚命地思索。或許是注意到我的視線吧，

他突然看了過來。

他和我的視線相對時，也露出「咦」的表情，接著又交互看著我和手上的文庫本，彷彿明白了什麼而點點頭，然後輕輕地對我說聲「晚安」。

我一聽見他的聲音，這才想起來是在哪裡見過對方。

一旦想起來了，倒也沒什麼，不過就是在森崎書店應對過幾次的客人。由於書店來的多半是像三爺那種個性強烈的熟客，像他感覺如此內斂的人自然很難留下印象，所以一時之間我才想不起來。猛然意識到自己用不客氣的眼光一直看著對方很丟臉，趕緊回應說：「你好，好久不見了。」

看到我不停地點頭致歉，他瞇起眼睛笑說「沒關係的，不用那麼拘謹」。他的笑容感覺很好，讓人看了很安心。

就在這個時候，女服務生正好用托盤端咖啡來到我的桌前。女服務生站在我和他的座位之間，似乎不知道該如何是好，顯得有點困惑的樣子，搞得我也跟著慌亂了起來。

看到這一幕的他，很客氣地提出邀約說：「可以的話，要不要坐在一起呢？」

「你不是在等人嗎？」我猶豫地問。

「不，那倒是沒有。」他回答。女服務生聽到後，立刻恢復自信和笑容說「那麼請坐過來」，並將咖啡放在他的桌上。

我只好順應狀況，說聲「那我坐過去了」，便移到他對面的座位。

似乎在這種情況下我很容易順其自然。人家不過是客氣說說而已，絕對不可能是想要和我聊天。一想到我可能會妨礙他享受獨處的時間，就覺得有些內疚。

女服務生看到我坐定後，說聲「請慢用」便鞠躬離去。目送她離去的背影後，我們這才面對面坐好。

兩人間彌漫著沉默的氣氛，感覺真是尷尬。正坐立難安時，他突然輕聲笑了出來。看到我詫異的表情，他趕緊解釋「不好意思，因為我覺得好像是在相親」。看到他的笑容，我不禁也跟著笑了出來。

「我們好像彼此還沒有正式自我介紹。」他輕咳了一下說：「我姓和田，叫和田朗。」還說他在離這裡不遠的一家主要編輯教科書等教材的出版社工作。

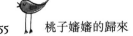

我報上姓名後，他不停地點頭笑說：「啊，我想起來了，就是貴子小姐。因為那個個性開朗的書店老闆常常大聲喊『貴子！貴子』，所以我記得。」

我臉紅地輕聲說明：「他是我叔叔。」

「原來他是妳叔叔呀。真好，有個開二手書店的親戚。」和田先生似乎是真心地表示羨慕之意，口中唸唸有詞。「妳已經不在書店裡幫忙了嗎？」

「是的，我因為某些原因借住在那裡。該怎麼說呢？算是我的充電期。」

「充電期？在那間店裡？」

「是的。」

和田先生又開始唸唸有詞，「真好呀，充電期呢，而且地點選在二手書店，感覺好奢侈。真叫人羨慕！」接著又像是自言自語地說：「換作是我的話，一定不會離開那裡，而會選擇永遠繼續充電吧。」

看來在二手書店生活的畫面，點燃了他心中的烈火。沒想到他這個人還真是有趣。

「啊，你女朋友好嗎？常跟你在一起的那位。」我突然想起這點，便打斷還在喃喃自語的他。

雖然和田先生幾乎都是一個人逛書店，但偶爾也會帶女朋友一起

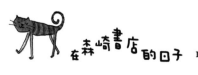

來。對方身材高䠷，跟高瘦的和田先生很登對。

對方好像對書本沒什麼興趣，當和田先生一臉認真地品味書本時，站在一旁的她總顯得百無聊賴的樣子。最後她等累了，就會用很不耐煩的聲音問，「還沒好嗎」。和田先生只好趕緊道歉說，「不好意思，再等我一下下」。根據三爺的說法，「帶女朋友逛二手書店，根本是說不通的」。但看在我眼裡，他們的舉動傳達出一種親密感，我總是微笑以對。

「啊，以前也有過那樣。」和田先生面對我的提問，突然語調一變說：「我好像已經被她給甩了。」說完後還乾笑了兩聲，接著眼神看著遠方。

「真是不好意思。」我很想當場跪在地上跟他賠罪。

「沒事的，妳不要在意。」和田先生雖然開口安慰我，但眼神依然看著遠方。

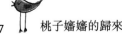

第一次見面就不小心踩到人家的地雷，搞得我十分慌張。拚命想著要找其他話題時，剛好看見放在桌上的書。

「你在讀什麼書呢？」

「哦，這本書叫做《上坡途中》，我記得應該是在森崎書店的百元專櫃買的特價書……」

和田先生從桌上拿起那本書給我看。能脫離剛才的話題，我覺得如釋重負。

「唉呀，我一點也不知道這本書。是部好作品嗎？」

「該怎麼說呢？基本上是個悲戀故事，作者也只寫了這個作品就無疾而終。實際上翻閱後，不僅表現手法稚拙，很多地方讀起來感覺少了點什麼。不過它就是很吸引我，我已經讀五遍了。」

他一邊看著封面上油畫風格的斜坡插圖一邊說明，眼神就像是看著心愛的東西一樣十分溫柔，讓我也很想一睹為快。

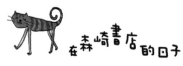

「是哦，五遍呀！那我也該讀一讀才行。」

「嗯……我可不敢大力推薦。對了，貴子小姐，妳在讀什麼書呢？」

看到我從包包裡拿出來的書，他眼睛一亮地說：「噢，是稻垣足穗嗎？不錯嘛。」

不愧是經常逛那家書店的人，比我還要熟悉這類的書本。

「我雖然在店裡幫忙，卻一點也不熟，只是剛入門而已。」

聽我這麼說，和田先生側著頭發出沉吟。

「其實熟不熟應該沒有關係吧？真要說起來的話，我懂得也不多呀。倒是遇到一本書能對自己產生多大的感動，我覺得比較重要吧。」

「是這樣子嗎？不過我叔叔也說過類似的話。」

「妳老是坐在櫃臺後面很專心地看書，讓我很感興趣，不知道妳到底都在讀哪些書？」

「什麼！唉呀，真是不好意思，我是個失職的店員。」

「不是啦，我不是那個意思。」

和田先生說完後，似乎突然又想起什麼而盯著我看。

「應該說，妳整個人已經融進那間書店的風景之中，當我看到時就希望不要驚擾到妳，希望妳保持那個樣子不要動。感覺就像是看到蝴蝶脫蛹的那一瞬間，不禁屏氣凝神地繼續看了下去……妳讀書的樣子留給我很強烈的印象，所以剛才看到手上拿書的妳時，馬上就想起來妳是誰——啊，是那間二手書店的人。」

想到不認識的人竟是那樣子看著自己，當場覺得十分難為情。然而那個時期的我的確像是等待化蝶的蟲蛹一樣，翻著書頁的同時，也同樣在等待起飛的機會。或許就是這樣，所以和田先生看到我才會心生那種感覺。只是飛得順利與否，現在我還不是很有信心。

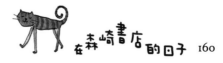

「如果當初我沒有搬去那間書店住的話，今後可能還是活得渾渾噩噩吧。不僅是那些書本，也因為接觸到附近的人們，而學會了許多事，逐漸懂得要愛惜自己……所以直到現在，對我而言，我永遠也無法忘懷在那間書店生活的日子。」

儘管是第一次面對面坐下來好好說話的對象，我卻能很自然地從口中冒出這一大串話語。

和田先生很認真地聽我講話之餘，也不時表情凝重地回應「原來如此」。

「原來在那背後有我所不知道的故事呀，人生真是奇妙！」他本人是看起來很正經的樣子，但說話的方式很好笑。

奇妙的是，我們就像是老朋友見面一樣，似乎可以聊上好幾個小時都不厭倦。還以為和田先生只是認真地聽我講話，卻偶爾會幽默地冒出一、兩句話來逗我發笑。

我們就這樣天南地北地聊了好久，突然瞄了一眼牆上的時鐘才驚覺已經快十一點了。

「啊，咖啡廳馬上要打烊了！」我大叫出聲。

「是嗎？」和田先生也露出意外的神情。

由於住處在這附近，和田先生決定待到咖啡廳打烊才走，所以我先一步告辭離開。

「最近晚上我常來這裡，方便的話，哪天再一起聊天吧？」分開時，他提出邀約後對我微微一笑。

到門口結帳時，我注意到站在櫃臺後面的老闆一直在偷瞄著我。因為我很清楚他心裡在想些什麼，於是用力瞪了他一眼，只見他嘴裡故意自言自語地唸著「唉呀，好忙好忙」，轉身走進了廚房。

走出咖啡廳後，正好看見和田先生坐在「思波爾」窗邊拄著臉眺望街景。還以為他在看著我而跟他點頭致意，但他似乎沒有注意到我

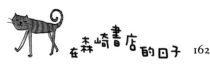

的存在，我只好轉身離去往車站的方向前進。不知道為什麼腳步顯得十分輕盈，整個人輕飄飄的。好奇怪，我居然自我陶醉了起來。

舉目一望，有個小缺口的滿月高掛在夜空的左端上。

「我們一起去旅行嘛！」桃子嬸嬸突如其來地提出邀約，是在兩個禮拜之後。「奧多摩那裡有個很棒的地方。」她眼睛發亮地遊說。

我雖然覺得有些困擾，但還是點頭答應了。

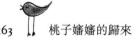

那裡有座大山，山上有座古老的神社。風景漂亮得沒話說，空氣也很乾淨，棒極了！我們去住在充滿風情的山莊裡，讓自己輕鬆一下吧。就只有我們兩個女生，很不錯吧！

其實光是想像和她一起去旅行的畫面，我就有些不安。感覺一定會被她牽著鼻子走。可是桃子嬸嬸用力抓住我的手，用充滿期待的眼神等著我說出「好吧」的回答。

從在書店重逢到我答應出遊的這兩個禮拜期間，我去森崎書店的次數相當頻繁。當然是因為悟叔的拜託，要我去探探桃子嬸嬸的狀況。由於悟叔書店打烊後得回去睡，我們很難得碰面，不過桃子嬸嬸一定會在二樓的房間裡。

她很高興看到我經常來訪，也會做家常菜請我吃。桃子嬸嬸在那個之前被我嫌空間太小而懶得開伙的二樓廚房裡，做出不少的菜色。紅燒羊栖菜、牛肉燉豆腐、糖醋竹筴魚、章魚燒蘿蔔、鹽煎秋刀魚、蘿蔔葉加蕪菁、豆皮味噌湯等，大概我也很渴望享用那些有媽媽味道的菜色，所以到後來幾乎是為了吃飯而去。中午從公司打電話過去時，桃子嬸嬸就會像個新嫁娘一樣問我「今天想吃什麼」，每次我都會毫不客氣地東點西點想吃的菜色。

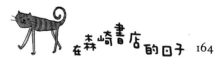

剛開始幾次，桃子嬸嬸說要請客，不讓我出錢；之後我開始不斷堅持要分擔金額，至少支付一半的食材費用，桃子嬸嬸才逐漸樂於接受。

「嬸嬸做的菜都好好吃喲。」

每次去我都會專心吃著擺滿矮桌上的菜色，打從心底發出讚美。

「看到貴子吃飯的樣子，就會覺得好像很好吃。」

雖然桃子嬸嬸嘴裡那麼說，其實她的食量是我的兩倍。如此嬌小的身體居然能容納那麼多的食物，真叫人不可思議。

「可是真的很好吃嘛。」我一邊嚼著醃蘿蔔一邊用力回應。

「妳自己不做飯嗎？」

「有時也會做啦，都是義大利麵之類的，像這種的很少。」

「那要是有了喜歡的人，不會有問題嗎？」

「會嗎？」

我的確沒什麼幫男朋友做飯的經驗。因為我會覺得難為情，所以到目前為止會盡量避免發生那種狀況。不過基本上我連戀愛經驗都乏善可陳。

「男人很單純，只要會做幾個菜就能手到擒來。」桃子嬸嬸笑說：「我教妳做菜，妳可要好好學呀！」

男人的心理我一點都不了解，反倒是被桃子嬸嬸手到擒來的人是我吧。

當然，我並沒有忘了悟叔交代的任務，而是打算伺機投石問路。問題是桃子嬸嬸的話鋒總是變來變去，即便我很認真地詢問，她總是跟鰻魚一樣滑溜，用句「這個嘛，再說囉」蒙混過去。她本來就是說話沒有脈絡可循的人，話題隨著她繞來繞去之際很快就消聲匿跡。加上我只要有美食當前，立刻就轉移注意力忘了繼續追問下去。每次的情形都大同小異，因此毫無進展可言。

不過我多少還是打探到一些她的過去（由於桃子嬸嬸有著一喝酒口風就會稍微放鬆的傾向，我經常會勸她多喝兩杯）。她很小就失去父母，由住在新瀉的大伯夫婦照顧，國中一畢業後就進入一家小工廠上班。後來到了二十一歲，自己一個人來到東京，跟一個菜鳥的攝影師（這是真的嗎？我不由自主地反問）墜入情網。

桃子嬸嬸之所以會待在巴黎一段時期，據說就是因為在東京認識的男朋友到巴黎出差，她隨後也跟了過去，但事先沒有取得對方的認可。由此可見她大膽的行事作風。

「那時候真是太年輕了！我一個什麼都不懂的小姑娘……整個腦袋瓜裡只有男朋友一個人。事後才知道，他在日本已經有老婆和孩子，所以那段戀情只好結束。難不成我一直很想擁有的家庭，竟然得靠破壞別人的家庭才能取得，未免也太說不過去了吧……」桃子嬸嬸的眼神看著遠方說出這段話。

一段沒有未來的愛情終於畫下句點，傷心難過的桃子嬸嬸和悟叔恰巧就在那時相遇。起初只覺得放心不下這個男人，幫忙照顧生活起居之後，不知不覺間竟發展出情愫。

「我都不知道你們的這些事。」對於兩人共同有過的歷史，我難掩驚訝之情。

「阿悟會忌妒我的過去，所以我不太喜歡跟他說。」桃子嬸嬸聳了一下肩膀。

另一方面，我經常來訪的理由其實早被她看穿了。就在某個晚上，像往常一樣圍著矮桌吃飯時，桃子嬸嬸一小口一小口啜飲著日本酒，突然冷不防地面露微笑問我，「貴子，是不是阿悟拜託妳來的？」

「嗄？什麼意思？」

我心裡很慌張，想故意裝傻應付過去，可是一點用處也沒有。桃子嬸嬸露出見獵心喜的表情，雙手捏著我的臉頰。

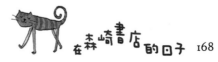

「我早就知道那個人心裡在想些什麼，而且貴子妳不是一向都不知道如何跟我相處嗎？」

我的臉頰被拉著不放，心情也跟著七上八下，感覺所作所為都被她看在眼底。的確，在我心中的某個角落總覺得不知道和桃子嬸嬸該如何相處。倒不是說我討厭她，只是如果問我喜歡她嗎，我也回答不上來。但問的要是桃子嬸嬸的廚藝，那我肯定會馬上回答「喜歡」。

老實說，她對我而言是個難以捉摸的人，悟叔在某種意義上來說也是難以捉摸的人，但兩人的情況完全不同。感覺不管跟桃子嬸嬸聊得多深入，就是無法拉近彼此的距離，彷彿各自站在岸邊對話一樣，我們之間始終存在著遙遠的距離。

看到我支支吾吾無法回答時，桃子嬸嬸豪爽地笑了。

「算了，無所謂啦。因為我很喜歡貴子。像這樣坦誠、不會說謊，正是妳可愛的地方。我甚至希望能擁有妳那種美麗的靈魂咧。」

「我才不是什麼美麗的靈魂啦！」

覺得自己被嘲笑了，我不太高興地板起了臉孔。可是桃子嬸嬸卻發出感傷的聲音說：「我是說真的！哪像我的人生充滿了謊言。」說完便低頭不語。

我沒有忽略她在瞬間所流露出來的悲戚神情，感覺就像那一刻自己觸動了桃子嬸嬸的心一樣，可惜就只是那麼一瞬間而已。

接下來她馬上表情一亮，又恢復平常的語氣改變話題，突然提議說：「對了，要不要一起去旅行呢？」

雖然離觀賞紅葉的時間還早，但現在去遊客比較少，可以玩得從容些。妳的工作會很忙嗎？她連珠炮地說個不停，對我緊迫盯人。

「嗯，還好啦，在這方面公司算是比較好商量……」

「既然如此，那就算是答應囉？」

「嗯……好吧……」

起初我還考慮找個理由拒絕，但顧慮到她剛才流露的神情，最後還是點頭答應說「那就一起去吧」。

我說不清楚自己當時感受到了什麼。說是不安，又好像不太對，應該沒有那麼誇張。我確實從當時桃子嬸嬸的表情中讀到一種無法用言語形容、不容忽視、類似預兆什麼的。

在這個旅行的提議出現之前，我和和田先生在「思波爾」見過兩次面。兩次都是我在拜訪過桃子嬸嬸後，順道繞過去咖啡廳時發現他人還在。看來他說經常到咖啡廳來是真的，一如我第一次看到他的時候一樣，他還是坐在靠窗的位置，同樣拄著腮眺望著窗外。

我自己也搞不清楚是否想見和田先生，唯一能確定的是，我並沒有抱著特殊的期待走進咖啡廳，但是在踏進店內看見和田先生的背影時，內心會發出一聲驚呼。

每當我對著和田先生的背影打招呼說「晚安」時，肩膀就會像是從夢中醒來一樣地顫動。然後他彷彿在確認我是誰似地，總是望著我約五秒鐘，才露出微笑說「晚安」。

由於他邀約我一起坐，我便坐在他對面的位置上陪他聊天。雖然我們只是閒話家常，但奇妙的是，說著說著心情自然會變得很平靜。有一次我們在咖啡廳打烊前一起離開，到皇居附近散步。

「那就下次再見了。」

「下次見。」

因為不知道彼此的聯絡方式，所以沒有可以再次相見的保證，但我們道別時卻那麼說。

之後第三次去咖啡廳時，就沒看到和田先生了。照理說我並沒有抱著期待，卻還是有一種希望落空般的空虛感。不過話又說回來，他要是每次都在反而奇怪。

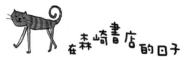

那天晚上我坐在吧臺前的位置，自然而然向老闆問起他的人。因為老闆看過我們坐在一起聊天，所以點頭說：「嗯，我當然記得。」

「妳是說那個不怎麼起眼的客人嗎？最近一到晚上，他經常會來。可能以前也來過吧，但我沒什麼印象。」

「什麼不起眼，要說很樸實才對啦。」我語氣平靜地訂正老闆的用詞。

「哦，不好意思。不過感覺上他總是會坐很久。」

「該不會是來見貴子小姐的吧？」高野突然從旁說出驚人之語，「遠遠一看，感覺你們兩人倒是滿相配的。」

我張開嘴巴望著他好一陣子後，才極力搖頭否認。

「才不是那樣子啦！」

「哦，那妳也不必那麼生氣嘛。」

「你不要在一旁說些有的沒的。」

被老闆一趕後，高野邊喊著「對不起啦」邊逃回廚房。

我舉起咖啡杯啜飲，並在心中大喊「才不是那樣子啦」，試圖再一次打消高野說的話。

可是……可是……萬一那是真的呢？

和田先生是個很棒的人。親切有禮，又有幽默感。當然對書本也很熟。說話不會自吹自擂，也不會發出下流的笑聲。相信以他的個性，應該會吸引很多女性吧？

那麼我又是怎麼想的呢？想到這裡的時候，突然發現老闆一直都在偷偷看著我。

「老闆，我勸你還是改掉偷偷觀察別人的毛病，這樣會被女生討厭的。」

聽到我的冷言冷語，老闆哈哈哈地大笑三聲，也跟著高野消失在廚房裡面。

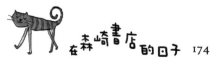

覺得已失去繼續思考的興頭，便決定拿出之前跟和田先生聊到的《上坡途中》看。去找桃子嬸嬸的時候，湊巧在即將打烊的森崎書店架上看到那本書。悟叔看到我拿在手上時，還從旁插嘴說「那本作品不怎麼樣」，我回應「無所謂」，塞了一百元到悟叔手裡，買下那本書。

那是一個約兩百頁左右的短篇故事，因此當晚利用在「思波爾」和回家就寢前的時間就全部讀完了。

一如和田先生所說的，那是一個哀傷的愛情故事。

戰爭結束後逐漸在復興中的東京，主角飯田松五郎是個落魄作家，遇見美麗的姑娘浮世而一見鍾情，她任職於坡道途中的「摩登」咖啡廳。一開始不被青睞的松五郎，因為每天鍥而不捨地上咖啡廳傳達情意，終於贏得浮世的芳心。還以為幸福的日子會持續不斷，不料浮世的父親因為債臺高築，硬逼自己的女兒跟有錢人家的少爺訂婚。

連自己下一頓飯在哪裡都不知道的松五郎，絲毫沒有阻止的能力。

松五郎在絕望和孤獨中，靠著一股執著不斷寫小說。因為自我的激勵，認為只要自己一旦成名，或許就能搶回浮世。就在他過了三十五歲那年，終於如願成為大作家。然而此時得到的卻是浮世罹患流行病，已經撒手人寰的殘酷事實。

從此松五郎沉溺在酒、女人和藥品的世界裡。荒逸的生活步調把身體都搞壞了，而他無時無刻未曾忘記過浮世，每天都會去兩人初相遇的咖啡廳。最後在一個冬天夜晚，從咖啡廳回家的路上，他咯血倒地。在意識逐漸模糊之際，他心中唯一浮現的還是浮世的身影……

松五郎的痴情感動了我，讀完小說後心情很沉重，淚流滿面，還在頁面上留下小小的斑痕。

躺在被窩裡，一邊想著和田先生真是個浪漫的人，一邊進入夢鄉。

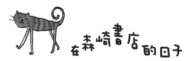

那天晚上的夢境中，我化身為出現在小說中的咖啡廳老闆娘，拚命搖著浮世的肩膀努力勸她：應該跟松五郎在一起才對。

「妳怎麼會答應跟那傢伙一起去旅行呢？」

旅行前一天晚上，我一個人留在辦公室加班時接到悟叔的來電，說是剛剛才聽到桃子嬸嬸提起旅行的事。

悟叔用充滿困惑的聲音說：「我雖然拜託妳打探她的事，但沒有要求妳做到那種地步。」

「那是因為說話聊天，自然而然變成那樣的呀。」因為無法一一說明清楚，我只好回答得很曖昧。

「那傢伙我還不了解嗎？肯定是她擅自決定的結果吧。」悟叔擔心地說。

「也不完全是那樣子啦。」

「妳還好吧？」聽到悟叔依然擔心，我故意開朗地說：「我會買土產回來給你。」

「只要貴子覺得沒問題就好了。」悟叔不太情願地退讓，「對了，三爺好幾次氣急敗壞地來店裡，要我讓他跟桃子見面。到底是怎麼一回事呢？」

我想起在「思波爾」的那一幕，不禁笑了出來。

「他好像有話要跟嬸嬸說清楚吧。」

「什麼！」悟叔在電話中發出驚訝的叫聲，「他來了也只是被桃子給吃死死的，最後肯定被哄得團團轉，眉開眼笑地回家去。因為那傢伙特別擅長對付像三爺那種人。」

我幾乎可以想像那是什麼樣的光景。

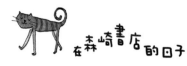

「我想應該會是那樣子吧。」

「當然會是那樣子，錯不了的。不過桃子那傢伙白天經常出門，就算三爺來也碰不到人，所以三爺很生氣。」

「是哦。」

「我假裝若無其事地問她要去哪裡，她也不回答。」

「反正嬸嬸又不是小孩子。」這一次換我有些驚訝，「既然她都有乖乖回來，不就好了嗎。」

「話是沒錯啦……總之貴子要是不願意，不去旅行也沒關係。為什麼那傢伙要找貴子去呢……」

悟叔又繼續叨唸了好一會兒才掛上電話。

那天晚上，下班後我決定去「思波爾」一趟。

離開公司時已經是九點過後，總覺得不想直接回家，便繞道過去。我到達時咖啡廳裡人很多，和田先生常坐的靠窗位置也坐著兩個女孩。

找到空位後，我開始慢慢翻閱專程為帶去旅行而買的武者小路實篤的《友情》，偏偏精神一直無法集中。雖然無意，但每次一有客人進來，我就會心想可能是和田先生而抬頭望向門扉。

花了很長的時間，好不容易讀了二十來頁時，突然和田先生真的出現在店裡。連忙點頭打招呼後，和田先生慢慢走向我的桌前。遠遠看著他走來，讓我有種奇妙的感覺，只覺得他似乎比平常少了些生氣。

「工作很忙嗎？」等他坐定後，我開口問。

「沒有，反而應該說很閒吧。」和田先生笑著回答，但還是一副疲憊的表情。

我們之間流過一陣短暫的沉默。平常就算是沉默，我也不以為

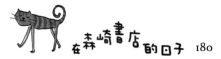

意，但今天不知道為什麼感覺氣氛很沉重。我想起了高野說過的話，更讓我不知道該說些什麼才好。

「啊，這麼說來……」我想起一件好事，便微笑說：「我看了《上坡途中》。」

可是和田先生好像不太感興趣的樣子低聲回應，「哦，是嗎。」還以為他會很高興聽到我這麼說，不免期待落空而自討無趣。

「那是一個很老掉牙的故事吧？」和田先生語帶諷刺地問。

「不會呀，我很喜歡那部作品。」

「可是直到死為止還在愛著一個人，這種事根本不可能在現實人生中發生。」

「是哦，不會嗎？」

「至少在我身上是那樣子。應該說對方已經當面說得很清楚，說我『讓她感覺很不舒服』。」

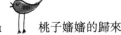

「嗄？」

我聽不懂他在說些什麼而反問，可是和田先生沒有回答，自顧自地繼續說下去。

「一開始兩人約會時，我帶她來這裡。她也很喜歡這家咖啡廳，於是之後我們又來過好幾次，所以我才會跟她說我會一直在這裡等她，希望她回心轉意後來這裡找我。可是前天我收到她的簡訊，上面清楚寫著：『你這樣讓我感覺很不舒服，不要再等了。』」

聽到這裡，我總算聽明白他在說些什麼。搞了半天，原來是這麼一回事呀！早點說清楚不就沒事了嗎？不對，其實他本來就沒有跟我說的必要。

原來他一直在等著那個跟他一起逛舊書店的漂亮女子。不就好像始終在等待浮世的松五郎一樣嗎？難怪他會將個人情感投入在那本小說之中，一而再地不斷閱讀。

什麼跟什麼嘛！我在心中不斷地感嘆。倒也不是特別地悲傷。因為我或多或少也能感覺到他心中沒有我，只是覺得自己一個人在那裡意亂情迷，簡直像個笨蛋。

說什麼兩人之間話題不斷，多麼的不可思議；說什麼好像從以前就認識一樣。結果完全不是那麼一回事。只因為和田先生肯親切地聽我說話，我便信以為真、自我陶醉地越說越高興。事到如今發現真相，反而覺得很對不起人家。

「對不起，我說了一堆廢話。」大概是注意到我一直低著頭吧，和田先生一臉歉意地說。

我趕緊用力搖頭說：「不，應該說對不起的人是我。」

「為什麼貴子小姐要道歉呢？」和田先生詫異地睜大了眼睛。

「我只是覺得自己有錯嘛。」我堅持地說。

「哦……」

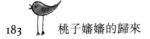

其實很想繼續道歉下去，但怕被認為是怪人，只好忍住。知道必須換個話題才行，偏偏想問個明白的心情卻搶先冒出口。

「你很喜歡……她嗎？」

一說出口我立刻就後悔了。和田先生輕輕一笑說：「我也很厭惡自己孩子氣，不過呢，我其實也很清楚一件事，那就是我和她從一開始就毫無共通點。兩個人不可能合得來。偏偏我卻意氣用事，居然愛上了她，就是不會想說兩人的個性不同，應該放棄才對。一直以來我都認為自己算是很清醒的人，一旦發覺自己也有熱情的一面，不免有些驚訝。」

幹麼在這個時候做自我分析呢，他果真有些奇怪。

「我覺得……和田先生是很好的人。」

我希望和田先生的心情變好，所以這麼說。雖然希望能有其他更好的說法，但一時之間就是想不出來。不過這也是我的真心話，和田

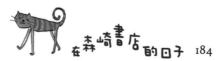

先生是個很好的人。

「謝謝妳，妳說得沒錯。我是個好人，這一點妳說得很對。可是她也說我『雖然是好人，卻不怎麼有趣』。」和田先生說完後露出苦笑。

「那樣子說你未免太過分了！」我為那名女性的說法感到生氣，只覺得對方一點都不了解和田先生的好處。

「不會的，因為我自己也那麼認為，甚至覺得對方說得一針見血。算了，太無聊了，我們還是換個話題吧。」

和田先生說完後，立刻改變話題將箭頭指向我問：「最近怎麼樣呢？」

可是我的胸口很苦悶，實在無法好好說話。經過一陣子有一搭沒一搭的交談後，我只好站起身來說「對不起，因為明天一早有事」。

「是嗎。」和田先生的表情顯得有些茫然。

「貴子，要回去了嗎？」

正當我要走出咖啡廳時，在門前被老闆叫住了。

「是的。」

我只簡短地回答了一句便走出門外。

唉！心情感覺好沉重。該不會被老闆給看穿了吧？看來有好一陣子不能來這裡了。

走著走著心情越來越低落，少說也嘆了三十次的氣。直到在回家的電車上，才猛然想起看到一半的書遺忘在咖啡廳的桌上。

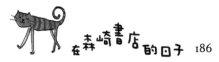

我和桃子嬸嬸約好十點在新宿車站見。

天空有些陰霾，但氣象預報說下午起會放晴。難得請假出門旅行，我告訴自己千萬不能受到昨晚沉重的心情影響，一股作氣地踏出家門。

在人來人往的新宿車站南口，桃子嬸嬸的輕裝打扮完全看不出來是要去旅行的樣子，身上只掛著一個簡直是兒童用的小登山包而已。頭髮纏成馬尾，身穿綠色連帽衣搭配黑色運動褲。加上身材嬌小，遠遠一看還以為是要去遠足的少女一樣。

「哎喲，妳這一身不像是要去爬山的打扮嘛。」

桃子嬸嬸一看到我的服裝，立刻就皺起了眉頭。因為好久沒有旅行了，我特意穿上上次在特賣期間買的新洋裝。

「可是人家有穿運動鞋呀。」我反駁說：「而且包包裡有帶登山用的服裝。」

「沒有必要帶那麼多行李吧？」

聽到桃子嬸嬸那麼說，我立刻悶不吭聲，彷彿只有我自己一個人很期待這次的旅行，感覺很丟臉。大概是不忍心看我心情低落，桃子嬸嬸安慰我說：「算了，年輕人就是這樣，就是有辦法帶那麼多的行李。」

「難不成上了年紀，連行李也會跟著縮減嗎？」我加以反擊。可是桃子嬸嬸卻直接回應，「貴子妳真討厭！人家只是嫌麻煩而已嘛。」

「原來如此。」這個理由我能接受。

「總之今後三天就麻煩妳了。」桃子嬸嬸突然立正站好，像在演戲般對我深深一鞠躬。

「彼此彼此。」我也行禮如儀。

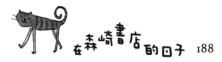

在新宿車站搭乘中央線，到了立川站改搭青梅線。來東京前後將近五年了，這一帶我還是頭一次來。青梅線的列車空位很多，坐在我們對面的是一個有點不良氣息的高中生，大概是早上睡過頭了，始終擺著臭臉和不停地抖腳。大概是對整個世界都看不順眼吧。桃子嬸嬸一坐上位子，便開始哼著歌眺望車窗外。我則因為前一天晚上躺在被窩裡胡思亂想直到天明，所以回過神來時發現自己打起瞌睡來了。

睡了一陣子醒來時，有點不良氣息的高中生早就下車了。肯定就算對全世界充滿了怨氣，還是得乖乖上學吧！我將視線移向窗外，不知從何時起雲層已散去，留下一整片開闊的晴空。住家等建築物明顯減少，在綿延不斷的農田景色中，只見遠方相連的山脈越變越大。

「好棒呀！」

看到我一邊揉眼睛一邊發出讚嘆，桃子嬸嬸微笑說：「這還只是剛開始呢。」

我們在名為御岳的小站下車。眼前在藍天的背景下，群山並立。其中有一座特別巨大的高山聳立在中央，看起來氣勢雄偉、文風不動。樹葉幾乎都還沒有開始轉紅，整個山頭綠意盎然。我們要住的民宿就在那上面。

「明明距離市中心沒多遠，感覺上卻好像已經來到很遠的地方。」

看著眼前的景色，我喃喃自語。用力深呼吸，胸腔裡立刻填滿新鮮的空氣。在東京市裡居然還能保有如此豐富的大自然，我不禁十分感動。

「其實市中心裡高樓林立也是最近這幾十年才開始的。」

聽到桃子嬸嬸那麼說，我想起了國木田獨步所寫的短篇小說〈武藏野〉。獨步生活的明治時代，武藏野到處還是令人著迷的自然野趣。如此想來，時間轉移的快速果真是滄海桑田，叫人目眩神迷呀。

我們在車站前的小公車站亭搭上公車，沿著國道前往位於山腰的纜車站。

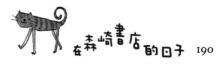

公車亭裡的長椅上坐著兩組好像也是跟我們一起搭火車來的觀光客。兩組都是有男有女的老年人團體，不知道是什麼理由讓他們聚集在一起旅遊。輕輕點頭致意後，我們坐在他們旁邊的位置上。一名看起來年紀最大的老婆婆立刻微笑問說「唉呀，母女一起出來旅行嗎」，桃子嬸嬸也微笑地回答「是的」。我雖然很想反駁「才不是呢」，但覺得說明起來太過麻煩，於是也跟著微笑點頭說「我們是母女」。

搭上公車後，三名坐在旁邊的當地小學生立刻跟我們搭訕。大概常遇到觀光客吧，三個小男孩一點也不見怕生的樣子。桃子嬸嬸似乎很喜歡小孩，很高興地瞇起眼睛跟他們交談。

「你們讀幾年級呢？」她問。

「一年級！」三人很有精神地同聲回答。三個小男孩的家裡都在前面的山上經營民宿，為了上學每天都得下山才行。

我不禁感嘆說「那真是辛苦呀」，可能是常聽到觀光客說這句話吧，他們居然露出一副沒什麼大不了的表情，用大人的語氣說：「也還好啦。」

「這裡，往這裡走。」

在小朋友們的引導下，下車後爬上前往纜車站的坡道。由於他們是用跑的，走在最後面的我一下子就氣喘如牛。桃子嬸嬸回過頭看我，揶揄說「天呀，貴子，等下了纜車後，真正的考驗才要開始咧，怎麼現在就累成這樣了」。小朋友們也嘲諷我，「真是沒用的大姊姊，都市人就是這樣」，說完後又笑成一團。

殿後的我趕緊反駁「人家可是來自九州的鄉下耶」，可是沒有人理我，依然逕自往前走。為什麼桃子嬸嬸那麼有活力呢？儘管我們的年齡差距甚至會讓別人誤以為是母女。我打從心底開始後悔為什麼沒有想到要穿輕便的服裝呢？

好不容易到達纜車站後，桃子嬸嬸遞給我一罐在土產店買的保特瓶綠茶。我如獲至寶地大口牛飲。

纜車就像是沿著清流慢慢往山上攀升，快到山頂才停。和小朋友們揮手道別後，我們又開始很吃力地走在山路上。目前的高度將近海拔一千公尺，很難想像一個小時前我們還在半山腰上。

通往山頂的小路兩旁並立著各家民宿的招牌和廣告看板。我們預約好的民宿位在最高處，桃子嬸嬸語氣輕鬆地宣布，「大概要走四十分鐘才會到」。聽到我發出不平的呼聲「不會吧」，她又伸出手捏著我的臉頰說「不過上面的景色最美」。

一路上都是坡道和階梯，沿途只看到一個小商店和一個集會所外，其餘都是住家和民宿。每次遇到從山上走下來的人們，他們都會很開朗地打招呼說聲「妳們好」。我和桃子嬸嬸也會充滿活力地回應「你們好」。基本上絕大多數都是年長的人，但也遇到過好幾次年輕情侶、大學生的旅遊團體等。幾乎年輕人的穿著都跟我不相上下，讓我稍微感到心安。

終於前方看到目的地的民宿，這時的我早已經上氣無法接下氣。就連桃子嬸嬸也有些吃不消了，只見她喘著氣說「到了到了」，忙拿著手帕擦去額頭上的汗水。

房屋本身已經有相當的歷史。住家和民宿合為一體的木造三層樓，背後緊靠著陡峭的岩壁。寬闊的前庭隨意散置著耕耘機、生鏽的腳踏車和木材等雜物，生活味十足。說好聽一點是很有庶民風格，說難聽點就是很窮酸。不過那種乾淨漂亮的小型旅館也很難跟桃子嬸嬸聯想在一起，所以我一眼看到便覺得這裡還不錯。

「有人在家嗎？」

桃子嬸嬸推開大門對著裡面呼喊。過了一會兒從走廊傳來小跑步的聲音，走出一名年輕的女孩，身上穿著寬鬆的牛仔褲和明顯大一號的工作服，年紀大約二十出頭。

「唉呀，這不是桃子阿姨嗎？」

女孩一看見桃子嬸嬸就用不像是接待客人的輕鬆口吻說話。

「好久不見了。小春，妳還好吧？」桃子嬸嬸也熱情地回應。

「這一位是誰？桃子阿姨的女兒嗎？慢點，桃子阿姨有小孩嗎？」

「我是她的姪女貴子。」

在桃子嬸嬸又擅自回答我們是母女前，我搶先對名叫小春的女孩自我介紹。雖然她說話的語氣有些粗魯，但看起來沒什麼惡意。聽我報上姓名後，她也點頭致意說「妳好」。

背後又傳來腳步聲，這一次是身穿圍裙、頭綁三角巾、年約五十的中年婦人慢慢走來。

「桃子，怎麼這麼早就到了。」說完露出親切的笑容。感覺上是個說話大聲、很愛照顧人的大嬸。

「好久不見了，老闆娘。」桃子嬸嬸很有禮貌地對著身穿圍裙的婦人鞠躬問好。

「該不會桃子阿姨妳又要回來工作了吧？」

「才不是呢，小春。桃子今天是來住宿的客人。」

「唉呀，真的嗎？」

我納悶地看著她們你來我往時，桃子嬸嬸湊過來對我說悄悄話，

「離開阿悟之後，有段時間我住在這裡打工。」

「真的嗎？原來是這麼回事。」

聽到我發出驚呼聲，桃子嬸嬸一副若無其事的表情回答：「沒錯，反正就是這麼一回事。」

老闆娘帶我們去住宿的房間。由於時間不過才剛過兩點，我們算是今天第一組報到的客人。

房屋裡面一樣顯得雜亂，到處都塞滿了東西。走道旁邊擺著裡面沒有任何東西的水槽、成堆的舊雜誌、老電視機、電子吉他等。偷偷

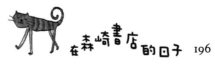

瞄了一下玄關旁的廚房，裡面果然也亂得可以。廁所、洗臉檯和浴室必須共用，與其說是民宿，更像是團體宿舍的感覺。想來到了暑假期間，這裡肯定會有許多大學社團前來入住吧。不知道其他民宿是否也一樣，總之，這裡瀰漫著一股輕鬆的氣氛。

說是景觀最好，我們被帶到最裡面的邊間。五坪大的和室，大小正適合兩人睡。窗外包圍著蓊鬱的綠樹，微風悠閒地拂過樹梢。大概是斑鳩吧，偶爾會聽到咕咕咕的鳥叫聲。遠山朦朧，水藍色的天空中有魚鱗狀的卷積雲慢慢飄過。靜靜看著這一切，彷彿時間的感覺也逐漸麻痺了。

我坐在窗邊，忘我地眺望著窗外的景色。身旁的桃子嬸嬸似乎也沉浸在感傷中，難得沉默不語地看著窗外。我試著想像住在這裡打工會是怎樣的心情，感覺自己搞不好也能樂在其中咧。

突然有人用力敲門，走進來的人是小春，雙手提著看起來很重的柴油暖爐放在房間的角落說「因為晚上會冷」。聽到我們異口同聲說「謝謝」，她就像居酒屋的店員一樣說聲「請慢用」，便走了出去。

「嬸嬸，妳在這裡打工多久呢？」我開口問。

「大概有三年吧。」桃子嬸嬸側著頭想了一下回答。

「離開這裡之後，靠什麼生活呢？」

「這個嘛，很多事都做過。人只要有心，到哪裡都能活得下去。」

的確，桃子嬸嬸感覺上不管走到哪裡肯定都能堅強過活。

「好了。」桃子嬸嬸說完後，立刻站起身，「吃晚飯前，我們出去走走吧。」

我們決定正式的登山行程擺到明天，所以先去參拜山上的神社。從民宿到神社很近，根據桃子嬸嬸的說法，走路不到五分鐘就能抵達。

穿過土產店和餐廳擠在一塊的角落後，眼前立刻出現高大的鳥居牌坊。跟著走在前面的人們，我們也對牌坊行完禮後才走進神社前庭。

神社比我想像的要宏偉許多，裡面蓋有寶物殿等各種功能不同的建築，參拜的步道兩旁則是雜亂無章地樹立著許多石碑。讀完歷史源由的簡介看板後，才知道這裡創建於奈良時代以前，中世紀以後成為關東地區山岳信仰的中心，擁有大批的信眾來訪。

首先從古早以前，在深山裡有這麼大的神社存在就讓我驚奇不已，而且從好幾百年前的古代開始，就有那麼多的人為了參拜而爬上這座山。當時可沒有今天的交通手段，只能靠兩隻腿徒步走上好幾天，甚至好幾十天。對於那些信徒而言，造訪此地的意義遠比起現代人要重要許多。想到這一點，就連毫無信仰的我也不禁莊嚴了起來。

我們爬上很陡的石階前往正殿，階梯兩旁的野生龍膽開出了鮮艷的紫色花朵。說到這石階之長，感覺似乎永遠爬不到盡頭，其他的觀光客們也都氣喘吁吁地往上爬。當我好不容易站在正殿前面時，整個人幾乎快無法喘氣。等到呼吸恢復正常後，我們才一起投香油錢，雙手合十參拜。

祈願完後轉頭看向身旁的桃子嬸嬸，她還在合十禱告，表情顯得十分認真。

「祈求了什麼呢？」等到桃子嬸嬸張開眼睛，我才開口問。

「沒什麼。」

「我明明看到妳很虔誠地雙手合十，不是嗎？」

「神社又不只是祈願的地方，同時也是感謝神明『保佑我們』的地方。」

「是哦，我一心一意只有祈願而已耶。」

「那妳祈求了什麼？」

「平安無事。還有今後盡可能在金錢方面不會遇到困難。」

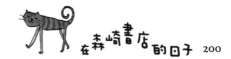

桃子嬸嬸笑說：「還真像是貴子會祈求的事。」然後環顧了一下整個神社後又說：「我離開阿悟之後，首先就跑來這座神社參拜，離開時住進了那間民宿。開口請求老闆娘讓我住下來打工時，其實一點把握也沒有，沒想到老闆娘因為先生剛過世不久，而且當時小春也還沒有來幫忙，正在煩惱人手不足。不過肯接納我這個來路不明的歐巴桑，老闆娘的人還真是好。」

瞧她事不關己地訴說往事，居然也讓我感動莫名。

我們最後再一次鞠躬行禮後，才離開閃耀在夕陽餘暉中的神社，走下坡道回到民宿。

洗完澡流過汗，躺在被窩上等著進浴室的桃子嬸嬸時，我似乎又被睡魔給襲擊了。等到桃子嬸嬸回來搖醒我，早已經過了晚餐開飯的時間。

大概在我進入夢鄉之際，又有兩組客人前來報到，所有人都齊聚在大廳裡用餐。其中一組是三代同堂的一家人，另外一組是兩名中年男子。後者已喝得微醺，看到我們進來時，立刻用很大的音量打招呼說「我們先用了」。

晚餐的量多得嚇人。老闆娘動不動就端出一道又一道的菜要我們品嚐，有滷菜、納豆、醃蕗蕎、泡菜等小菜，還有火鍋和炸蔬菜。最好吃的是味噌調味的烤香魚，加上白飯和味噌湯，於我已經足夠，因此火鍋和炸蔬菜只好請兩位大叔幫忙解決。

也因為民宿輕鬆的氣氛所致，大廳裡呈現奇妙的熱絡感。兩位大叔的興趣是爬山。據說已造訪此地多次，所以不斷介紹我們值得一去的景點。可惜他們口中說的山慈姑、蓮花升麻[2]等聚生地的觀賞季節都已經過了。

三代同堂的一家子則是因為孫子即將結婚，便趁著婚前來趟全家人的小旅行。據說老祖母已高齡八十七、九歲（關於年齡，他們一家人還起了紛爭）。從纜車站到這裡，坐輪椅的老祖母則是一路由孫子推過來。

「這是我最後一次旅行了。」聽到老祖母這麼一咕噥，桃子嬸嬸立刻大聲說「唉呀！妳還年輕嘛，還可以去很多地方的」。桃子嬸嬸說這些話時的表情似乎顯得很高興。

之後那兩組客人都離席後，桃子嬸嬸便和老闆娘天南地北地促膝長談，我只好一個人先回房間。

看來旅行前的不安疑慮，是我想太多了。坐在房裡回想著今天桃子嬸嬸的種種，我做出了以下的結論——看她玩得那麼高興，跟平常

2 蓮花升麻（Anemonopsis macrophylla），毛茛科植物，會開出淡紫色的花朵。每年七月下旬到九月上旬是賞花季，八月還會舉辦蓮花升麻祭。

沒什麼兩樣。她只是因為懷念過去工作的地方，所以才想回來看看的吧。

不就是因為自己老是胡思亂想，才會落到今天這步田地。一如和英明之間的情況，便足以證明我是多麼鈍感的女人。

不過既然她看起來很快樂也無所謂。我一邊等著桃子嬸嬸一邊想著這些。

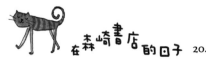

「明天要早起，今晚就睡了吧？」

由於桃子嬸嬸一回到房裡就這麼說，我們便早早鑽進被窩裡準備就寢。但因為今天已經兩度不小心睡著的關係，一時之間很難入睡。桃子嬸嬸一鑽進被窩裡，三分鐘內就進入夢鄉，在我身旁發出鼻息，睡得很香甜（偶爾還會傳來「嗯嘓嘓……」的鼾聲）。

事到如今我還在為把書遺落在「思波爾」感到懊悔，同時腦海中也浮現出和田先生的臉。

這個時間他在做什麼呢？應該已經睡了吧。雖然說離東京不遠，但夜裡睡在陌生的土地上，心裡總是有不安的感覺，突然間好想跟他見面。當初就該問清楚聯絡方式才對，說不定今後我們不會再相遇了。因為和田先生已經沒有理由再去那家咖啡廳了。想到這一點，胸口依然隱隱作疼。

一旦開始想心事，就益發沒有睡意，乾脆悄悄地走出房間。整間民宿都陷入熟睡的靜謐氣氛，只有走廊盡頭的小和室紙門還透漏出燈光。我躡著腳步走近，偷瞄了一下，只見小春盤腿坐在矮桌前，眼睛直盯著電腦的螢幕看。認真的神情就跟在神社合十參拜時的桃子嬸嬸一樣。

正當我轉身要離開時，她發現了我的存在，聲音茫然地問：「怎麼了嗎？」

「有點睡不著。」聽到我的回答，她用下巴指著玄關說：「哦，那就去散一下步吧。今天氣很好，星星很漂亮。」

「好吧，我出去走走。」我說完準備走出玄關時，「慢點，外面太暗了，一個女孩子太危險。」小春隨後拿著手電筒追了上來。

我們輕輕打開大門，走出庭院。

因為海拔高度很高的關係，不過才十月中旬，溫度卻已經低到能夠口吐白氣。抬頭仰望，感覺星空比起平常要接近許多。現在這個時節在市中心裡根本還無緣一見冬季的星座們，就高掛在遠方山崖的稜線上閃閃發亮。

我們慢慢走到神社前面，周遭完全安靜無聲，沒有任何人家的窗口亮著燈火。只有我們趿著拖鞋的聲音輕快地響著。

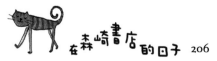

「不好意思，讓妳陪著我。」

「不會呀，我只是在上網看2ch[3]而已。」小春從褲子口袋掏出香菸叼在嘴裡，並點上火，然後對著黑夜吐出白煙。

「小春，妳是從什麼時候開始在這裡工作的呢？」

「高中畢業後就過來了。我和這裡的老闆娘是親戚。」

「原來是這樣子呀。」

「其他人也都是和家人或親戚一起經營民宿的。另外就是本地的高中生會利用假日來打工，像桃子阿姨的情況反而很少見。」

「工作愉快嗎？」

「這個嘛，我沒做過其他工作，所以不知道。不過只有一大堆學生來住的時候很熱鬧外，這個時期就很冷清。妳們兩人為什麼來旅行？看起來感情好像也沒好到那種地步。」

---

3 日本最大的網路留言板。

小春的語氣聽起來不是很感興趣的樣子。

「該怎麼說呢？來之前我以為桃子嬸嬸可能是有什麼話想跟我說吧，不過好像是我想太多了。」

「是哦，不過話又說回來，桃子阿姨以前在這裡的時候感覺更加陰鬱。經過這麼久再見到她，我有點嚇一跳，個性居然變得如此開朗。」

「是這樣子嗎？」

「嗯，到了後期她是比較有活力啦。我剛來的時候，她幾乎不太跟我說話，讓我覺得她人很可怕。」

我實在無法想像那樣的桃子嬸嬸。

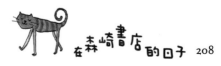

「算了，我也不是很清楚啦。」小春說完後，將菸蒂丟進鳥居牌坊前的菸灰筒裡。

一顆流星倏地消失在夜空中。小春也緊接著打了一個很大的哈欠。

「差不多該回去睡了吧?」我說。

小春聽了吸吸鼻子點頭說:「說得也是。」

隔天早上我一點都不想起床,始終躺在被窩裡。桃子嬸嬸好幾次想搶走我身上的毛毯,都被我緊抓著不放。

直到九點過後我才起床、洗臉,然後到處在民宿裡尋找桃子嬸嬸的身影。「一定是在庭院。」直到聽到老闆娘強忍著笑意如此回答後我走出一看,只見桃子嬸嬸站在朝陽燦爛的院子裡,身穿浴衣睡袍擺出奇怪的動作。

聽到我問「妳在幹什麼」,她回答「太極拳啦」。聽說是她在這幾年早上養成的習慣。

「這個對身體健康很好，尤其還能讓人神清氣爽。貪睡蟲如果願意的話，就加入我吧。」

該不會她每天早上也都會在森崎書店前面做吧？要是通勤途中的上班族看到嬸嬸在開店前的二手書店門口打太極拳，肯定會很驚訝吧。想像那種情景，我幾乎快噗哧笑出來。

吃過早飯後，我和桃子嬸嬸終於要出發去登山。我做好了萬全準備，穿上容易活動的服裝，其他住宿客人早已經出發了。聽到我說「反正時間多得很」，桃子嬸嬸冷冷地瞄了我一眼。

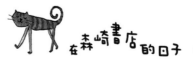

在老闆娘高喊「路上小心」的目送下，我們走出了民宿。由於沿著山路翻越兩座山後，就能抵達視野良好的展望臺，我們決定以展望臺為目的地。

走在盡是有我身高五倍高的杉樹林中，空氣顯得分外清涼。到處開著可愛的野花，桃子嬸嬸手指著花朵告訴我花的名字。果然是住過許多年，十分熟悉山林的知識。相對來說，自從小學參加過夏令營以來，我已經好久都沒爬過山了。身旁有精明幹練的導遊相陪，爬山也成了樂事，不必擔心會迷路。心情愉快的我還哼起了夏令營裡學會的歌曲〈森林裡的熊〉。

不過能夠輕鬆唱歌也只有在剛開始的一小段路。剛開始平坦的道路彷彿在警告登山客「不要小看山」，路面越變越窄，坡度也越來越陡，而且還很不好走，稍有閃失就會滑倒，十分嚇人。

「熊說快逃吧……」才剛愉快地唱完歌，沒什麼運動神經的我心情馬上就跌入谷底。倒是桃子嬸嬸似乎不在乎路況險惡，動作輕盈地逕自走在前面。一旦和我的距離拉開時，她才會稍微停下來等我趕上。

「我說導遊小姐，我們走慢點嘛。」

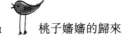

經過名為天狗岩的巨大岩石後，我試著提出請求，沒想到桃子嬸嬸立刻打回票說：「也不知道都是因為誰，時間才會這樣趕呢？不走快一點，回程會遇到天黑，因為山裡面到了傍晚就會完全變黑呀。」

聽她這麼一說，我也只能啞口無言。

「前面就能休息了，所以再加油一下下吧。」桃子嬸嬸留下安慰的話語後，又一個人逕自往前走。

中午過後，我們在清流旁稍事休息。老闆娘幫我們各自準備了兩顆飯糰當午餐。坐在陽光灑落的森林中聽著潺潺水流聲，感覺疲倦也減輕不少。

我一屁股坐在石頭上，不斷大口吸進新鮮空氣好調整呼吸。桃子嬸嬸似乎還很有體力，一臉沒事的樣子快速吃著飯糰。

「桃子嬸嬸，妳的精神真好！」

「倒是貴子妳年紀輕輕的，卻沒什麼體力呀。」

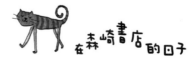

「我看桃子嬸嬸應該可以活到跟昨天遇見老婆婆一樣長壽吧。」我笑著調侃桃子嬸嬸，她聽了也微微一笑。

「可惜我大概沒那麼好命，我生病了。別看我這樣子，很多地方都開始不中用了。」

「啊？」我驚訝地反問，但桃子嬸嬸卻用力吆喝一聲「休息結束」，逕自又往前走。

生病？桃子嬸嬸生病了嗎？可是一點都看不出來呀……

發現到我站住不動，桃子嬸嬸回過頭大喊「再拖拖拉拉的，我就要丟下妳不管了」。我趕緊回過神來，努力追趕她那嬌小的背影。

之後我們幾乎沒什麼交談，一個勁地忙趕路。其中走過一條都是石頭的下坡路，又大約繞了半座山，然後爬上另一條坡道，忽上忽下不斷重複，我的腳不知道抗議了多少次。好不容易才來到天空豁然開朗的山頂。

山頂上面有一座形似盤中布丁的展望臺。整片紅褐色的土地上，只長出了幾棵松樹。先我們而來的一名中年男子坐在斷崖前的長椅上，我們則坐在他對面的另一張長椅上。涼風迎面吹來，為我們火燙的身體降溫。

山頂上看到的景色的確有感動人心的效果。眼前是一望無際的綠色，山峰並間相連直到天邊。天空也顯得好近，而且透明清澄沒有邊際。看著看著，只覺得整個人都要吸了進去。

仔細凝望，遠方的東京市區小的跟豆粒一樣。儘管心裡想到，從明天自己又將在豆粒中過日子，但此刻卻湧現不出任何真實感，甚至希望乾脆就此在這裡生活吧。初來乍到時的桃子嬸嬸應該也有過同樣的念頭吧？

「嬸嬸……」

「嗯？」

「妳為什麼要丟下悟叔離家出走呢？」不是因為悟叔的拜託，完全只是為了自己也想問，所以我開了口。而且突然間覺得此刻的桃子嬸嬸應該會認真回答我吧。

「嗯……」

桃子嬸嬸的眼睛始終看著前方，輕輕地點了點頭。我也望著前方，默默地等她開口回答。一隻燕子沒有發出聲音地從空中橫飛過去。

「我跟妳說過以前曾喜歡過某人的往事吧？」桃子嬸嬸依然看著前方，突然冒出這句話。

「嗯。」

「當時我和那個人之間有了小孩。因我對家庭有著強烈的憧憬，所以十分高興，可是他卻沒有。唉，誰叫他在日本已經有了太太和小孩呢，我是事後才知道的。」

一陣強風吹來，揚起滿天風沙。過了一會兒，周遭才又恢復平靜。

「如果當時的我夠堅強，或許還能守住那個孩子。可是我不行，我連傷害、折磨別人好換取幸福的自信，和付出代價繼續活下的勇氣都沒有……雖然後來我後悔得要死，但當時已經太遲了……」

桃子嬸嬸說到這裡，輕輕嘆了一口氣，並露出微笑。

「後來我遇到了阿悟跟他結婚。阿悟也很想要有自己的小孩，可惜我一直沒能懷孕。經過十年後好不容易有了，阿悟當然很高興，我也感動地淚流滿面。偏偏就在孩子出生前夕胎死腹中……我覺得這是老天在懲罰我，懲罰我不該打掉孩子。老天是要告訴我沒有生小孩的資格……阿悟拚命地安慰我，雖然他自己也很難過。因為他就像笨蛋一樣地溫柔，這點貴子應該很清楚。」

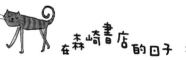

我用力點頭。

「於是我的心情逐漸恢復，而且兩人為了振興森崎書店也很努力工作。阿悟大概是顧慮我，從此絕口不提孩子的事，整個人更加專心於書店的經營。

「我其實也很喜歡那間店，自認為那種心情絕對不亞於阿悟。可是那樣子並不能滿足我，經過多年後，我的哀傷一直都沒有消退。始終覺得肚子裡好像破了一個大洞，而且破洞還越來越大……甚至到了最後，我開始覺得自己的悲傷是背叛阿悟的行為。結果有一天等我意識到時，人已經來到這裡了。」

桃子嬸嬸就像是忘了呼吸似地把話說完後，深深地發出一聲長嘆。

「我的自私任性，就算被看輕也是罪有應得。所以我很害怕，不知道該怎麼對阿悟說。貴子聽了應該也會覺得怎麼會有我這種人吧。」

我不知道該說些什麼話才好。桃子嬸嬸心裡的痛苦恐怕不是現在的我所能想像得到的，唯一能確定的是那是一種很真切的心情。因此隨隨便便說出口的安慰，其實一點意義也沒有，所以我只能沉默地拚命搖頭。

過了一陣子，桃子嬸嬸慢慢地站了起來。

「說這些無聊的話給妳聽，真是抱歉。我們趕緊回去吧！」

頓時我才注意到太陽已開始慢慢往山的稜線後面消失。

從山頂回來的路上，桃子嬸嬸更加快速度不斷前進。我則是有太多的想法掠過心頭，整個人迷迷糊糊的，一度還不小心滑倒，整個屁股坐在地上。

筋疲力盡回到民宿時，天色已開始變暗，甚至還下起了小雨。由於離吃晚飯的時間還有一個小時，我直接衝進了浴室。

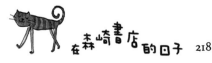

茫然地仰望著天花板，悠然地泡了個長澡，感覺今天這一天過得真久。視線移向窗外時，黑暗的夜色已逐漸漫開，乳白色的水蒸氣就像被夜色給吸了出去一樣。

突然間浴室門被拉開，我驚訝地看了過去，只見在裸身的桃子嬸嬸站立水氣蒸騰中。脫去衣物的她，看起來比平常更加嬌小。

「我可以跟妳一起洗嗎？」

「哦……好呀，請。」

不等我回應，她已經一腳跨了進來。

「不愧是年輕人，貴子的肌膚真是光滑。」桃子看著浴缸裡的我說，我反射動作地馬上背對著她。

「我的年紀已經不小了。」

「哎喲，還早的咧。比方說從脖子到胸口的線條就很漂亮。這種地方是最能看出年紀的。瞧這光澤，真令人羨慕！」桃子嬸嬸露出齜牙咧嘴的表情發出讚嘆。

「這樣根本就是性騷擾嘛！」我驚訝地反駁。

「唉呀，真是討厭！貴子怎麼可以說這種話！」桃子嬸嬸說完後，豪邁地大笑，笑聲在浴室裡迴盪不已。

她的下腹部有一道十公分長的手術痕跡，看起來怵目驚心。她一進來時我就注意到了，雖然桃子嬸嬸並沒有刻意掩飾，我卻像是看到不該看的東西般悄悄將視線避開。

自然而然地想起她白天說的話，感覺喉嚨好像被堵住一樣，一時之間連話都說不好了。

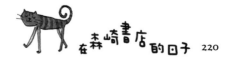

桃子嬸嬸沖洗完身體後，進來浴缸坐在我旁邊，很舒服地閉上眼睛大讚「嗯，棒極了」。看著她的側臉，忽然間湧起一股想要緊緊抱住她的衝動。

我指著窗外驚呼，然後趁著她的注意力轉開時，整個人飛撲過去。桃子嬸嬸意識到有危險，立刻躲開了。

「妳……妳幹麼？」她一臉驚訝地看著我，語調高亢地問。

「沒幹麼呀。」我鑽進熱水裡，模仿牧羊犬趕羊的要領，將桃子嬸嬸逼到浴缸的角落裡。

「怎麼了，貴子？妳的眼神好恐怖。」

我無視於發出害怕聲音說話的桃子嬸嬸，直接撲了上去，然後閉上眼睛緊緊抱住她的身體。桃子嬸嬸的肩膀很小卻很溫暖。

「慢點，妳這是在幹什麼！」

桃子嬸嬸拚命抗拒，搞得浴缸裡的熱水溢出去。儘管水面左右晃蕩，我就是不肯鬆手。最後她似乎放棄了，任憑我緊緊抱住，甚至還放鬆渾身的氣力，將頭靠在我身上。

「真受不了妳耶，原來貴子有這方面的癖好啊。」桃子嬸嬸靠在我身上說。

「那妳真是太粗心大意了。」

我們就這樣彼此竊笑著，窩在寬闊的浴缸角落裡緊緊抱在一起好久。

第二天晚上過得比昨晚還平靜。

昨晚碰面的那兩組客人已經下山了，今天又住進一對關係非比尋常的男女，吃飯時始終都很小聲說話，令人不禁納悶既然要搞私情，何必來這種類似團體宿舍的地方，直接住進溫泉旅館不就結了？

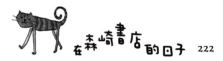

也算是老闆娘的貼心吧，送菜上桌時順便將放在餐廳中央、歷史久遠的破電視給打開了。大概是音頻故障了吧，螢幕中的笑聲有時會突然中斷，反而造成一股更尷尬的沉默。我無法忍受那種突如其來的沉默，乾脆站起來走到電視機前關掉電源。

回房間後，我們倆鑽進並列在一起的被窩裡，熄燈準備就寢時，房間裡也十分安靜。雨大概停了，因為已聽不見遠遠傳來的下雨聲。桃子嬸嬸低聲說「明天應該可以晚點出發」，我茫然地回應「說得也是」。

黑暗中，我靜靜地凝望著天花板。由於桃子嬸嬸即便是小燈泡的光也會睡不著，所以房間裡整個是烏漆抹黑的。不過睜開眼睛久了，一旦適應後，東西的輪廓也就慢慢浮現，可以分辨清楚。

「嬸嬸，妳睡了嗎？」過了一會兒，我悄悄地問睡在旁邊的桃子嬸嬸。

「嗯？」桃子嬸嬸似乎也還沒睡，立刻就回答我。

「我們可以稍微聊一下嗎？」我望著天花板，輕聲地問。

「可以呀，我剛好也很想跟妳說說話。」

「關於白天妳說的那件事……」

「哪件事？」

「就是生病……」

「噢，那件事呀……」桃子嬸嬸稍微停頓了一下才回應。

「病情嚴重嗎？」

我彷彿在讀劇本一樣，一口氣說出了我的疑慮。自己的聲音在黑暗中，聽起來充滿了不安。

「這個嘛，要說嚴重是很嚴重，要說不嚴重呢，倒也沒什麼大不了的。」她停頓了一下，小聲地回答。

「那是什麼意思？」

「嗯……」桃子嬸嬸沉吟了一下才回答，「也就是說，人活在世上有時會發生意外事故或突如其來的生病，甚至有的人還來不及跟任何人道別就與世長辭了，不是嗎？相較之下，我覺得自己已經很幸運

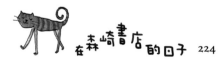

了，因為老天還留給我很多的機會。」

「機會……」

「其實妳沒什麼好擔心的，畢竟我又不是馬上就要撒手人寰。之前我住院做了子宮切除的手術，現在定期看門診，追蹤癒後狀況。基本上這幾年不能掉以輕心。」

「嬸嬸該不會是因為那樣，才回來找悟叔的吧？」

「我不是因為生病才回來的，打從一開始我就沒有回來的念頭。只不過在我住院心情最低落的時候，做了一個夢。」

「夢？」

我在黑暗中轉過身，面對著桃子嬸嬸。但因為光線太暗，看不清楚她的表情。

「嗯，在夢裡，我坐在一艘正要從港口開航的船。嗯……好像不對，搞不好我自己就是船吧。總之，我一直看著對面的地平線向前航行，心裡面很清楚再也不會回來了。可是回頭時卻看見港口站著一個男人，他對著我用力揮手。我一看就知道那個人是阿悟。突然有種很強烈的預感，覺得自己將永遠無法跟他見面了。正準備舉起手揮舞時，因為我的船速太快，只見阿悟的身影越來越小。當我意識到時，已看不見阿悟了，只剩下我自己漂浮在海面上。這就是我做的夢。」

桃子嬸嬸在被窩裡蠕動，轉過身面對著我，然後輕輕一笑。

「真是丟臉！在病房裡做完那個夢醒來，我哭得很厲害，連自己都嚇到了。儘管很清楚那只是夢境，淚水還是不聽話地流下來，最後甚至嗚咽了。我是個不太哭的人，連上一次哭是什麼時候都記不得，那天卻哭得死去活來，因為實在太過傷心了。於是才無論如何都想再見阿悟一面。很好笑吧？」

「不會呀。」想到桃子嬸嬸當時不安的心情，我拚命地用力搖頭。雖然我這麼做，對方根本看不到。

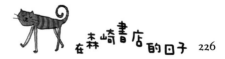

「絕對很可笑！」桃子嬸嬸說得斬釘截鐵，「就是因為這樣，我不怕丟臉地回來了。」

「原來如此……那嬸嬸不打算告訴悟叔生病的事嗎？」

「嗯，不打算。」桃子嬸嬸的語氣很堅定。

「為什麼？」

「因為事到如今我可不能成為他的負擔呀！」

「悟叔不是那麼軟弱的人。」

「說得也是，他一定會接受我吧。但問題不在那裡，而是我的心情。我實在不能再依賴他了。」

「這種事不說……」我還沒說完接下來的「是不會知道的」，桃子嬸嬸已打斷了我。

「關於這一點，我在回去找他之前就已經做出決定了。」

「可是……可是嬸嬸不是都跟我說了嗎？」我不由自主地大聲反

問。

「那是因為我還是想要有人聽我說話呀。」桃子嬸嬸幽幽地回答：「不管是離家出走的事還是生病的事，我都很想找個人傾訴。而且我很清楚，只要我拜託貴子妳不要讓阿悟和其他人知道，妳是絕對不會說出去的。」

「怎麼可以那樣……」我哭著抗議，「那樣太不公平了。」

「我知道很不公平，對不起，貴子。剛剛在浴室妳抱住我，我很高興，真的真的很高興。妳是個很溫柔的孩子，所以我想阿悟一定也很喜歡妳。」

我窩在棉被裡，淚水不停地流，嘴裡不斷唸著「不公平、不公平」，桃子嬸嬸也不斷說「對不起」，可是我依然唸了好幾十次的「不公平」。就這樣等到我清醒時，才發現自己哭累到睡著。

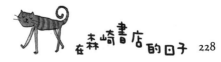

隔天一早，我們在陰霾的天空下、在老闆娘和小春的目送中離開民宿。桃子嬸嬸跟到的時候一樣，在大門口對著老闆娘深深一鞠躬，儘管老闆娘笑著說「不要這樣子」，桃子嬸嬸還是繼續行禮如儀。小春用輕鬆語氣跟我們說「下次再來」，並用力揮手。

桃子嬸嬸到了早上，就恢復成平常那個活潑開朗的樣子。「看！山百合開了」、「那邊的樹葉已經開始變紅了」，下山途中總是用開朗的語氣跟我說話，我也盡量用開朗的態度予以回應，因為我實在不知道該怎麼做才好。

傍晚時分，我們在新宿車站分手。這時桃子嬸嬸在人來人往的剪票口也對著我深深一鞠躬。

「謝謝妳，貴子。我玩得很快樂。」她的笑容是那麼的燦爛耀眼。

我鼓起勇氣問她，「接下來嬸嬸要做什麼？」

「回去書店呀。」

「我不是問那個，而是妳的人生啦。」

「嗯……」桃子嬸嬸沉吟了一下，盤起了手臂說：「船到橋頭自然直吧。」說完就瀟灑地轉身邁步，消失在雜沓的人群中。

直到看不見她嬌小的背影，我仍繼續站在原地。想像今後可能發生的狀況，我的內心就百感交集，十分複雜。

悟叔打電話過來是在兩天後的上午。凝視著手機螢幕，我多少能猜出他要問我什麼事。

「不好意思，工作中還來煩妳。」悟叔等到我接聽後，立刻用平板的聲音說：「早上到書店，發現一封信……」

啊！果不其然。我深深嘆了一口氣。那個時候就不該讓她那麼走掉。然而就算我多少能猜出這樣的結局，我究竟又能幫上什麼忙呢？

桃子嬸嬸做人真的很不公平！太不公平了！我緊抓著手機，感覺一股怒氣逐漸湧上心頭。

「貴子？」由於我一直沒說話，悟叔在手機裡擔心地呼喚我。

「我現在就過去那裡。」

「可是妳在上班呀……」悟叔還沒說完，我已掛斷電話。

不公平！不公平！太不公平了！在前往神保町的電車中，我不停在腦海中唸著這句話。這樣不是一個成人該有的做法！我不是不能夠理解桃子嬸嬸的心情。五年行蹤不明後突然回來，要開口說出「我生病了」當然會很猶豫吧。尤其如果還深愛著悟叔，就更加難開口。可是被丟下的悟叔，又該怎麼辦呢？上一次沒說一句話就離家出走時，已經讓悟叔內心飽受煎熬了。

我站在悟叔這邊，就像悟叔到現在為止，也始終都站在我這邊一樣。所以如果就這樣消失不見，我絕對無法原諒桃子嬸嬸。怒氣不斷翻騰，幾乎要克制不住。記不得上次這麼生氣是在什麼時候，總之我已經氣得渾身顫抖。

到達書店後，悟叔拿出寫著「謝謝你，請保重」的紙條給我看。我氣得當場撕成碎片丟在地板上。悟叔滿臉錯愕地看著我。

「不公平！太過分了！那個人像這樣只留下好的一面給大家看，然後就消失不見，根本就是逃避現實嘛。」

「貴子？」悟叔表情擔心地盯著我的臉看，「我說呢，貴……」

不等悟叔說完，我當場挺起胸膛，沒有特定對象地宣布，「我要打破承諾，不對，我又沒有答應對方，是她自己一個人說不要跟別人講而已。」

「啊？」

對著張大嘴巴的悟叔，我簡短說明那天晚上聽到的事。儘管我很

清楚悟叔會受到衝擊，但是他有知道的權利，而且也只有他才能勸阻桃子嬸嬸。

可是悟叔完全沒有驚訝的樣子，等我說完後，他只是輕輕點頭說：「嗯。」

「你早就知道了嗎？」

「不知道呀。」

「可是……」

悟叔長嘆一聲後，靠在椅子上坐下。

「那傢伙回來時，我就猜想應該發生了什麼特殊狀況。之前我也說過，那傢伙一旦決定了什麼事，就絕對不會改變想法。所以她突然出現……一想到這點我就害怕問出實情，所以才會拜託貴子。我真是笨蛋！都因為我不敢跟她把話給好好說清楚，才會造成這種結果。」

悟叔的語氣似乎已經完全放棄了。我湊上前去，眼睛直視著他的臉說：「一定還來得及。如果現在讓她走，真的就再也無法見面了。即便不知道結論是什麼，現在就說要放棄是不行的。你知道我要說的是什麼吧？能夠阻止她的人就只有悟叔你呀。」

「嗯……」悟叔只是有氣無力地如此回答。

「那就快點站起來行動呀！」我使盡吃奶的力量大聲吆喝，「悟叔，之前你不是告訴我『不要逃避』嗎？所以悟叔和嬸嬸，你們兩人都不可以逃避。書店有我看著，你快去找嬸嬸。」

「可是我要去哪裡找她呢……」他說話時的眼神空洞。

「你難道沒有一點想法嗎？嬸嬸最有可能去的地方？」

被我追問之後，悟叔整個人都呆住，看了我一下才回答：「沒有耶……」

「你騙人，一定會有。嬸嬸不是你老婆嗎？」

「話是沒錯……但也不表示……」

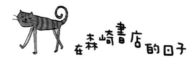

「快想想什麼地方對嬸嬸來說很重要。」

悟叔茫然地盯著我看了好久，突然間驚叫一聲。

「只有一個地方，大概沒錯，不對，絕對是那裡……」

「有嗎？」我再次確認。

「嗯，有。可能還來得及去吧。」悟叔用力點頭說。

他整個人從椅子上彈跳起來站好。

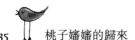

「貴子，書店就麻煩妳了！」

「嗯。」

「可是沒有薪水喲。」

「知道啦，笨蛋！」我大罵出聲。現在是說這種玩笑話的時候嗎？悟叔幾乎是被我趕出去似地衝出書店大門。但願這次悟叔能好好挽留住桃子嬸嬸。

我站在店門口，看著悟叔奔跑在櫻花路上的背影。他的身影越來越小，因為有腰痛的老毛病，途中停下好幾次用拳頭敲打腰部，那也是沒辦法的事。

直到看不見悟叔的身影，我仍站在書店門口茫然地眺望著被高樓大廈切割成一小塊的天空。那是秋日淡藍色的天空，魚鱗狀的卷積雲慢慢地流動著。

「妳在幹什麼？書店有開嗎？」一個中年男子突然停在店門口，用充滿疑問的眼神看了我一眼後，直接繞過我走進書店。我也跟在他後面回到店裡。

「歡迎光臨！」

我的任務已經完成，接下來就看悟叔怎麼表現了。我決定坐在櫃臺後面的老位置等待悟叔和桃子嬸嬸一起回來。

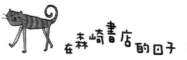

再次見到和田先生已相隔好一陣子，那是行道樹的葉子差不多快掉光的時節。

那天晚上，我踏進了幾乎有一個月都沒進去的「思波爾」。在那之前總提不起勁，路過時也不想推門而入。隨著天氣越來越冷，忽然間又開始懷念起店裡的咖啡香。

才一推開門，我便發出驚訝的叫聲。

只見和田先生就坐在裡面的位置。我們的眼神立刻對上，和田先生也發現到我的存在。真是不巧，我心想。想說點頭致意就算了，可是對方已很有禮貌地站了起來，一副等著我過去一起坐的神情。

「你好。」我心情慌亂地坐在他對面的位子上。

「好久不見了。」他的語氣顯得輕鬆自如。
女服務生送水過來時問「決定點什麼了嗎」。我打算打完招呼後就換位置，到時候再點東西就行了，便回答「待會兒再說」。女服務生聽了點點頭，微微一笑後離去。
「妳還好嗎？」等一切都落定後，和田先生才開口說話。
「嗯，還好。和田先生呢？」我回應。
「馬馬虎虎啦。」他語氣很開朗地說完後，啜了一口咖啡。
該不會在那之後他仍來到咖啡廳等女朋友的出現吧？可是他明明都已經宣告不再等了呀。就在我胡思亂想之際，和田先生居然開門見山地說：「今天我是來等妳的。」
然後從公事包裡拿出一本文庫本的書。原來是我旅行前一晚遺落在這裡的武者小路實篤的《友情》。因為發生太多的事情，我早已經忘記了有這回事，更是做夢也沒想到書會在和田先生手裡。

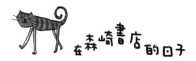

「你一直都幫我保管著嗎？」我取回書時詢問。

「那天晚上妳回去後，我才發現這本書。本來想交給老闆，等妳來的時候交還給妳，可是老闆卻說『以前從來都沒見過那位客人』。」

「啊？」

老闆怎麼可能不認識我，別說我們已經見過好幾十次面，我好歹也算是這裡的常客呀。

「所以便交由我來保管。因為之前也沒問過聯絡方式，只好偶爾到咖啡廳確認妳有沒有來。大概時機都不對吧，總是沒能遇上。要先說抱歉的是，在等待妳出現的期間，為了打發時間，我把這本書給讀完了。」

我茫然地聽著他說話。好不容易才理解是怎麼回事，然後看著站在吧臺後面的老闆。老闆一副事不關己的樣子，忙著擦拭玻璃杯。我一直看著他，其中我們的眼神交會過一次。真是個大笨蛋！幹麼雞婆做那種無聊的事？看來他一點都不知道和田先生等的是別人吧。

「麻煩你了，真是不好意思。」我對著和田先生低頭道歉。

「哪裡的話。剛好給我一個機會可以讀《上坡途中》以外的書，應該是我要感謝妳才對。」和田先生說完，露出慧黠的笑容。

如此奇妙的發展實在讓我忍俊不住。我低著頭，肩膀不斷顫動。

「咦，怎麼了嗎？」

和田先生露出擔心的神色窺探著我。一旦發覺我只是在笑之後，他也跟著大笑。整個人的心情頓時便放輕鬆了。這才知道其實自己很高興能再見到他。沒錯，能夠和和田先生相遇，我覺得十分高興。至於思考人家對我有什麼樣的想法，根本一點意義也沒有，畢竟那是一個無法撼動的事實。

「其實……」我抬起頭誠實說出自己的心情，「我很高興能見到你。」

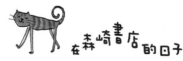

我打從心底認為，必須感謝咖啡廳老闆才行。因為要不是他的詭計奏效，說不定我真的再也見不到和田先生了。他的詭計就像我點一百杯咖啡來喝都還有找零一樣的划算。

「我也很高興能見到妳，不然我就要背負上竊盜的罪名了。沒有啦，以上純屬虛構。我其實很想再跟貴子小姐聊天。」

和田先生說完哈哈大笑，同時舉起手抓抓頭。我因為太害羞了，無法直視著他。偷偷瞄了一下窗戶，窗玻璃上映照出我們倆面對面坐在一起的影像。外面颳著北風，好像很冷。我由衷地感謝我們能夠像這樣再度見面的偶然。

和田先生很舒服地伸著懶腰說：「那麼為了感謝妳借我書，今天就讓我請客吧。我想這點小禮數，妳應該不會介意吧？」

「那就讓你請一杯咖啡吧。」我豎起食指，笑著說。

「妳還真是很自制的人嘛。」

他誇張地露出驚訝的表情，然後對著從旁邊走過的女服務生用力招手。

森崎書店坐落在二手書店林立的街頭一隅。又小又舊，很不起眼的一家店。上門的客人不是很多，尤其因為經手的書籍有限，沒興趣的人根本連看都不看一眼。

即便如此，還是有人喜愛這間書店。書店老闆悟叔經常笑笑說，「只要能夠擁有那些人的偏愛，一切也就足夠了。」我同意他的說法。我喜歡那樣的森崎書店和老闆。

休假日的今天，我來到久違的神保町。一個禮拜前接到悟叔的聯絡，一聽見悟叔在電話裡興奮的聲音，不用問理由我立刻就知道是怎麼回事了。

「那傢伙也說好久沒見面，很想妳。」悟叔在電話中說。還說癒後的情況良好。我聽了也放下心中大石。想到能見到好久沒碰面的她，走在大馬路上的腳步也自然加快。

悟叔飛奔出去找人的那一天，桃子嬸嬸終究還是沒有回來書店。不過悟叔見到她了。悟叔去了供養他們無緣出世的嬰兒牌位的那間廟。據說她一個人呆呆地佇立在廟後院的噴泉前良久。

我沒有細問兩人在那裡都說了些什麼，畢竟那是悟叔他們兩人之間的問題。不過在兩人緣慳一面的嬰兒長眠之處，相信彼此都不敢說謊才對。對兩人來說，好好地碰撞彼此的心情應是最重要的事吧。搞不好桃子嬸嬸在當時，甚至在五年前離家出走時，內心深處期待著悟叔能夠到那裡接自己回家吧。

「看到我時，那傢伙整個人都崩潰了。像個小孩似地放聲大哭。

我那時真是打從心底對她心生愛憐，淚水也跟著撲簌而下。過去沒能好好關注她的心情，許多故意假裝沒有看見的事情，頓時感覺自己都能面對了。我抱住桃子不斷說『妳不要走』、『我需要妳』。這麼單純的事情，我居然在找到那傢伙之前都說不出口。」

夜深後一個人回到書店的悟叔，慢慢地訴說了以上那些話。他並沒有因為桃子嬸嬸沒有一起回來而心情低落，反而顯得雨過天晴的樣子。

「因為我們說好了，也好好談過了，那傢伙答應我有一天會回來。」悟叔最後這麼說。

經過一年之後，桃子嬸嬸果然回來了。據說兩人在分開之前，桃子嬸嬸曾經對悟叔說，無論如何自己得先把心情整理好才行，否則回去也是故態復萌，只知道依賴悟叔的感情。看來她真是個剛強的女人。

穿越大馬路，我鑽進細長狹小的櫻花路，經過林立在兩旁的書店後，眼前可以看見悟叔的書店。

用力推開嘎嘎作響的玻璃門時，只見坐在櫃臺前的三爺舉起手跟我打招呼，「嗨，貴子。」

「咦，三爺，怎麼是你？我叔叔不在嗎？」

聽到我這麼一問，三爺笑說：「妳說話還真是冷淡。阿悟剛才出去送貨了。」

「好久不見了。」

一個開朗的聲音從三爺背後傳出來。我看過去，發現櫃臺後面坐著身材嬌小的短髮女子。

「咦，頭髮……」

我還沒說完，桃子嬸嬸就摸著耳畔修齊的髮根解釋說：「是的，我剪掉了。本來基於反省的理由是要剃成光頭的，可是被阿悟給制止了。」說完豪爽地大笑。

看著她的笑容，我深深感受到——唉，這就是嬸嬸！

「不過很適合妳呀。」我坐在她旁邊說。的確，這髮型很適合她。

「會嗎？」桃子嬸嬸皺著眉頭反問。

中午時段的書店依然沒什麼客人上門，除了多了桃子嬸嬸在之外，其餘什麼都沒有改變，我不禁有些喜不自勝。

「對了，貴子，聽說妳有男朋友了？」

桃子嬸嬸還是跟過去一樣，沒來由地突然蹦出一句問話。

「誰跟妳說的？」

「我剛剛才聽三爺說的。」說時，手指著三爺。

「不是啦，我也是聽咖啡廳老闆說的。」三爺說完，不知道為什麼又開始竊笑起來。

「有沒有把我教妳做的菜，好好做給男朋友吃呢？」

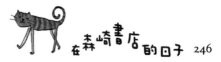

桃子嬸嬸嘻皮笑臉地繼續追問。我吞吞吐吐地回答「沒有啦……嗯……是……」但因為她還是窮追不捨，我只好發出哀鳴「可以了吧，不要再問了」。恰巧這個時候聽見開門聲，是悟叔回來了。

「貴子，怎麼來得這麼早。」悟叔邊說邊走進來。

桃子嬸嬸立刻問他，「我說阿悟呀，你知道貴子有男朋友的事嗎？」

「啊？我沒聽說呀！真的嗎？為什麼都沒有跟我說呢？」悟叔說完後就往我的臉湊近。

「哎喲，討厭啦。這種事有什麼好說的嘛。」

「對了！」桃子嬸嬸用力拍了一下手說：「要是貴子結婚了，就讓姪女婿繼承這家書店吧！反正我們也沒有小孩。」

「開什麼玩笑，幹麼要給那種傢伙！」不知道為什麼悟叔很受刺激，大聲嚷嚷了起來。

「你又沒見過對方，怎麼就知道人家是哪種傢伙。」桃子嬸嬸冷冷地反駁。

三爺在一旁看完笑話後，很高興地揮手說：「差不多該回去了。桃子，我下次再來吧。」

對我和悟叔卻一句話也沒有。

「看來一下子就被馴服了嘛。」

三爺回去後，聽到我吃驚地這麼說，桃子嬸嬸一副不以為然的神情說：「我哪有呀，不過只是陪他說說話而已。」

「隔了一年再見，結果卻被馴服這麼乖巧，三爺真是無可救藥的傢伙！」

因為悟叔發表這段評論的語氣太過冷靜，我和桃子嬸嬸聽了當場哈哈大笑。然後桃子嬸嬸突然站了起來對我說：「報告，森崎桃子，正式歸隊。」還行了一個軍禮。

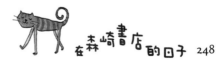

我也趕緊端正姿勢回應，「歡迎歸隊。我可是等很久了。下次如果再消失不見，我一定會真的生氣喲。」

「也不知道是誰先不守約定咧。不過這次我還是要坦誠地表示感謝，謝謝妳，貴子。我們又能和好相處了。」

桃子嬸嬸說完後，馬上笑著捏起我的臉頰。我已經習慣她這麼做了，也跟悟叔一樣半放棄地發出哀鳴，「快放手啦。」

「今天為了感謝貴子，我應該要大顯身手才對。」桃子嬸嬸拍了一下胸脯說。「要不要陪我一起去買菜呢？」

「當然要，人家就是專程來吃嬸嬸做的菜呀。」我微笑地點點頭。

「慢點，貴子，對於剛才的話題，我個人覺得……」

悟叔想插進來說話，我和桃子嬸嬸卻視若無睹地走了出去。

天空澄澈，有一大朵雲悠然地飄浮其中。我用力伸了一下懶腰，然後閉上雙眼，試圖用皮膚來感受陽光的溫度。

「妳在幹什麼？再不快點，我要丟下妳不管了。」

聽見催促的聲音，我睜開眼睛，只見陽光下一頭短髮閃耀的桃子嬸嬸站在馬路邊回頭看著我。她招手要我快點，之後充滿活力地逕自往前走。

我凝視著她一路前行的嬌小背影，過了一會兒才用跑的追趕上去。

【Echo】MO0012Y

在森崎書店的日子
森崎書店の日々

作　　者❖八木澤里志（YAGISAWA Satoshi）
譯　　者❖張秋明
封面插畫❖Agathe Xu
封面設計❖陳文德
排　　版❖張彩梅
總 編 輯❖郭寶秀
責任編輯❖許鈺祥、蔡雯婷
行銷業務❖羅紫薰

發 行 人❖凃玉雲
出　　版❖馬可孛羅文化
10483台北市中山區民生東路二段141號5樓
電話：(886)2-25007696
發　　行❖英屬蓋曼群島商家庭傳媒股份有限公司城邦分公司
10483台北市中山區民生東路二段141號11樓
客戶服務專線：(886)2-25007718；25007719
24小時傳真專線：(886)2-25001990；25001991
讀者服務信箱：service@readingclub.com.tw
劃撥帳號：19863813　戶名：書虫股份有限公司
香港發行所❖城邦（香港）出版集團有限公司
香港灣仔駱克道193號東超商業中心1樓
E-mail: hkcite@biznetvigator.com
馬新發行所❖城邦（馬新）出版集團 Cite (M) Sdn Bhd
41, Jalan Radin Anum, Bandar Baru Sri Petaling,
57000 Kuala Lumpur, Malaysia.
Tel: (603)90563833
E-mail: services@cite.my
製版印刷❖前進彩藝有限公司
三版三刷❖2024年1月
定　　價❖320元（紙書）
定　　價❖224元（電子書）

ISBN：978-626-7156-38-4（平裝）
ISBN：9786267156421（EPUB）
城邦讀書花園
www.cite.com.tw

國家圖書館出版品預行編目（CIP）資料

在森崎書店的日子／八木澤里志著；張秋明譯. -- 三版. -- 臺北市：馬可孛羅文化出版：英屬蓋曼群島商家庭傳媒股份有限公司城邦分公司發行, 2022.12
面；　公分 --（Echo；MO0012Y）
譯自：森崎書店の日々
ISBN 978-626-7156-38-4（平裝）

861.57　　111016919

MORISAKI SHOTEN NO HIBI